目次

タイムメール

過去の自分に一度だけメールを送れるとしたら、
あなたはいつの自分に、どのようなメールを送りますか?

第一話　言えなかった告白

どうしてあのとき彼女に告白しなかったのだろう？　海外ドラマ研究会の打上げの帰りに自宅近くの公園のブランコに乗りながら一条裕也《いちじょうゆうや》は激しく後悔していた。

（大学の四年間。とうとうカノジョができなかった）

それは一条裕也にとって痛恨の出来事だった。星城《せいじょう》大学の海外ドラマ研究会……通称、海ドラ研の仲間である佐久川《さくかわ》こころを裕也は入部してすぐに好きになった。そして一年生の夏休み明けに自分の気持ちを告白しようとした。

（でも、できなかった）

友人の柏瑞樹《かしわみずき》が、やはり佐久川こころを好きなことを知っていたからだ。だがその柏瑞樹も結局、佐久川こころには告白できず今では、ちゃっかりと別の女性とつきあっている。

（こんなことなら、あのとき僕が、こころちゃんに告白していればよかったんだ）

佐久川こころはスラリとした背格好の気立てのいい女性だった。だが、どこで知りあったのか佐久川こころはサラリーマンの男とつきあい始めた。それも不倫……。そして現在その男の子供を妊娠していて、もう六か月目に入っている。堕《お》ろせる時期ではない。こころと結婚する約束をしていたサラリーマンは妻と離婚する気もなく事態は泥沼に嵌《はま》りこんでいる。そのことを裕也は海ドラ研の仲間である木沢里奈《きざわりな》から聞いた。

（どうすりゃいいんだ）

裕也は頭を抱えた。自分が告白していれば、こころは不実なサラリーマンと泥沼のつきあいをせずに済んだ。

（うまくいけば僕にも佐久川こころという飛びっきりのカノジョができたかもしれないんだ）

裕也は、いつの間にか啜《すす》り泣いていた。すでに真夜中。辺りに人影はない。

スマートフォンの着信音が鳴った。

（ラインかな？）

見るとメールだった。

（メール？）

裕也は違和感を覚えた。ラインを始めてからメールを使うことが極端に少なくなり、このところ何か月もメールの遣《や》りとりをしたことがなかったのだ。裕也は送信者の名前を見た。

——無量小路幽子

見たことのない字面だった。何と読むのか判《わか》らない。それが人の名前なのかどうかも判然としない。裕也は文面を見た。

——過去の自分に一度だけメールを送れるとしたら、あなたはいつの自分に、どのようなメールを送りますか？

無量小路幽子

裕也はディスプレイを見つめる。

（何だこれは）

見当がつかない。新手のコマーシャルだろうか。スパムメールの一種かもしれない。裕也は即座にそのメールを削除した。

（過去の自分か）

もし、このメールの文面が本当のことならば……。

裕也はすぐに佐久川こころのことを思った。告白できなかった不甲斐《ふがい》ない一年生の頃《ころ》の自分にメールを送り是が非でも、こころに告白するように自分に促し四年間、カノジョができなかった自分の大学時代と不倫相手の子を身籠《みご》もった佐久川こころの人生をも救えるのに。

(そんな妄想を抱かせるなんて罪なメールだ)

裕也は自嘲《じちよう》気味に鼻で笑った。

(あれ?)

ブランコに坐《すわ》る裕也に向かって一人の若い女性が歩いてくる。

(何だ?)

こんな真夜中に。

(きっと酔っているんだろう)

裕也は、その若い女性を無視して自分の感慨に耽《ふけ》ることにした。俯《うつむ》いて地面を見つめる。

「告白する方法があるわ」

とつぜん声がして裕也は驚いて顔をあげた。目の前にその女性が立っている。裕也と同じ年頃に見える。卵形の綺麗《きれい》な顔に円《つぶ》らな瞳《ひとみ》。ストレートの髪の毛は短めで肩までもない。身長は百六十センチぐらいか。

「君は誰《だれ》?」

「無量小路《むりようこうじ》幽子《ゆうこ》」

「ムリョーコージ？」

「ユウコ。メールを送ったでしょ」

「あ」

裕也は呆《ほう》けたような声をあげた。

「あのメールか？　過去の自分にメールを送るとかいう」

無量小路幽子（本名だろうか？）は頷《うなず》いた。

「バカらしい」

裕也は鼻で笑った。

「バカらしくはないわ。本当のことよ。タイムメールっていうの」

「タイムメール？」

無量小路幽子は頷く。

「過去の自分にメールを送るなんて、あるわけないだろ」

「一度だけ送れるの。あたしが、あなたに、その権利を譲渡する」

「いらないよ」

裕也は立ちあがった。頭のおかしい危ない女だと思ったからだ。関《かか》わりあいにならない方がいい。

「あたしが、どうしてあなたのアドレスを知っていたのか知りたくないの？」

立ち去ろうとした裕也は動きを止めた。幽子はブランコに坐った。

(そういえばそうだ。この女は僕のスマホにメールを送ってきた)

どうしてだ?

「アドレス、誰に聞いたんだ」

「誰にも聞いてないわ。あたしは、どこにでもメールを送れるの。だから、あなたに送った。そして過去にも送信できる」

「そんなこと」

「証拠を見せるわ」

無量小路幽子は立ちあがった。

「明後日《あさって》、あたしは前日のあなたにメールを送る。つまり今から見れば明日のあなたによ。明日あなたは、もう一度あたしからのメールを受信する。そのとき明後日のあたしは明後日の出来事をメールに書いて送る。明後日になって、それが本当のことだと判ったら、あたしの言うことを信じられるでしょ」

「何だかよく判らないけど僕は行くよ」

裕也は怖くなって足早にその場を離れた。

＊

翌朝――。

裕也は目覚めると蒲団《ふとん》の中でボンヤリと過去の出来事について考えていた。

(佐久川こころに告白できない不甲斐なさを露呈してしまったことで僕は木沢里奈にバカにされている)

木沢里奈は海ドラ研のメンバーのうち四人しかいない四年生の一人だ。ほかは裕也に柏瑞樹、佐久川こころだ。少ない同学年だったから四人は、それなりに連帯感が強かった。

木沢里奈も可愛《かわい》らしい女性だった。こころよりも背が低くて目がパッチリとしている。あまり人にキツいことを言うタイプではないけれど一年生の時こころを好きな裕也の気持ちに気づいたのだろう。大学近くの喫茶店に呼び出されて〝どうして、こころに告白しないのか〟となじられた記憶がある。

「どうして、お前にそんなことを言われなくちゃならないんだよ」

そのときは裕也は、ふて腐れながら応《こた》えた。

「ほっとけないのよ」

里奈は意外にお節介な女性でもあった。

「言いたくても、なかなか言えないんだ」

気がついたら里奈に対して素直な気持ちを吐露していた。

「だらしないのね」

アイスコーヒーをストローでかき混ぜながら里奈は裕也に言った。

「告白するよ」

裕也は里奈に約束をした。絶対に佐久川こころに告白すると。でも結局できなかった。

その直後、佐久川こころは妻子持ちのサラリーマンと知りあってしまった。

四年生の秋、こころがますます悲惨な目に遭ったことを裕也は再び里奈から聞いたのだ。

場所は一年生のとき、こころに告白しろと迫られた、あの喫茶店だった。

「こころ、たいへんな事になってるのよ」

四年生になって部活にもあまり顔を出さなくなっていたから裕也はこころの妊娠にも気づかなかった。

「一条君が、だらしないから」

そう言って裕也を責める里奈の目には、うっすらと涙が滲《にじ》んでいた。

「もう、やり直しはできない。おしまいよ」

そう言って里奈は席を立った。

そういえば柏瑞樹もこの頃、カノジョと別れた。というより、そのカノジョは柏の金を騙《だま》し取って姿を眩《くら》ませた。

(まったく海ドラ研のメンバー、ろくなことになってない)

まるで『ゴシップガール』に出てくる悲惨な登場人物のようだと裕也は思った。
着信を知らせるスマホの電子音が裕也の思いを断ちきった。裕也は素早く手を伸ばして蒲団の脇《わき》に置いてあるスマホを摑《つか》んだ。送信者の名前を見る。

——無量小路幽子

しつこいな、と思った。だけどこの女性が裕也のアドレスを知っていることは不思議だった。裕也は文面を確認する。

——明日の欧州サッカーリーグで起こることを記します。ポルティモネンセの中島翔哉《なかじましょうや》は1ゴール、1アシスト。エイバルの乾貴士《いぬいたかし》は2ゴール。フローニンゲンの堂安律《どうあんりつ》は0ゴール2アシスト。

この調子で欧州サッカーリーグに所属する全日本人選手の明日の成績と所属チームの勝敗が事細かく記されていた。裕也は海外サッカーは好きでよく見ている。たしかにメールに記された試合は明日、行われるものだ。
(この試合結果が全部当たっていたら信じてもいいよ)

裕也はスマホを置いた。

＊

裕也は少し震えていた。

夜の公園。一昨日、無量小路幽子と出会った場所だ。この時間、無量小路幽子と会う約束をしている。

無量小路幽子が予言したサッカーの結果は全試合、的中していた。

（これは予言じゃない。知っているから書けたんだ。知らないで当てる事なんて、できるわけがない）

無量小路幽子は過去にメールを送れるんだ。

「信じてもらえたようね」

ブランコに坐っていると無量小路幽子が現れた。

「信じるしかない」

裕也は呟《つぶや》くように言った。

「ありがとう」

幽子はまたブランコに坐った。

「本当に過去にメールを送れるんだな？」

「送れるわ」

「僕でも送れるのか？」

幽子は頷いた。

「あんたは誰だ。どうして過去にメールを送れるんだ」

「あたしには、そういう力がある。今は、それしか言えない。あなたが決めるのは、その力を使うかどうか」

「その前に聞かせてほしい」

昨日さんざん考えたこと。

「もし過去の自分がメールを見て行動を変えたら今の僕はどうなる？」

「しばらくは過去の自分を見ていられる」

「過去の自分を見る？」

「そう。あなたのスマホには動画機能がついているわね」

「あ、ああ」

裕也はポケットからスマホを出して過去に撮影した動画を呼びだした。海ドラ研の合宿（とは名ばかりの実態はただの旅行）での風景。そこには佐久川こころの飛びきりの笑顔が映っていた。

「その機能を使えば人生が変わった過去の自分を、しばらくは見ていられる」

「そんな事ができるのか」

「できるわ。過去が変われば、あなたのスマホに自動的に動画が記録されるの」

裕也はスマホの動画を見つめた。

「でも、しばらく経《た》つと今の人生は過去に飲みこまれる」

「どういう事だ？」

「今の人生は消えるの。新しい人生が生まれるのよ」

裕也は幽子の言った言葉を吟味した。

四年間カノジョができず好きだった佐久川こころは妻子あるサラリーマンの子を妊娠し泥沼状態に陥っている。

（それを変えられるのか）

いや変えられるかどうかは判らない。過去の自分にメールを送れたとしても過去の自分が、そのメールを信じて行動を起こすかどうかは判らないのだ。

（でも、やらないよりはマシだ）

裕也の心は決まっていた。駄目で元々。それに、どのように過去が変わろうと今より悲惨な目には自分も佐久川こころも遭っていないだろう。裕也は動画をオフにしてスマホをしまった。

「過去にメールを送りたい。送らせてくれ」

「いいわ」

幽子は頷いた。

「でも、どうして僕なんだ？」

無量小路幽子は、どうして裕也に声をかけたのか。

「あなたが後悔しているのが判ったから」

それほど自分は辛《つら》そうな顔をしていたのだろうか。

「僕に能力を使わせて、あんたにメリットはあるのか？」

「あるわ」

幽子は表情を変えずに答えた。

「それは？」

「あなたが知らなくていい」

幽子がピシャリと言った。

「その代わり、あなたの顔を写真に撮らせてほしい」

「え？」

幽子がポケットからスマホを取りだした。

「僕の顔を撮るのか？」

「そうよ」

すでに幽子はスマホのレンズを裕也に向けている。裕也はわけも判らず神妙な顔をした。カシャッと音がして裕也の顔は幽子の持つスマホに保存された。

「ありがとう」

幽子が微《かす》かに頰笑《ほほえ》んだ。

「アドレスは？　どこに送れば過去の自分に着くんだ？」

「このスマホを使って」

幽子は写真を撮ったばかりのスマホを裕也に渡した。薄くて白いスマホで見たことのない機種だった。裕也はメールのアイコンをタップする。

「アドレスは自分の名前を漢字で書いてアットマーク、そして送りたい日付を入れる。たとえば２０１４．６．６とか」

「その日だ」

裕也が昨日さんざん考えた日。一年生の時、海ドラ研に入って佐久川こころに心を奪われ、だけど告白できず悶々《もんもん》と日々を過ごし、やがて仲間となった柏瑞樹も佐久川こころを好きだと判明し、こころに告白することを断念する頃。

「このメール……タイムメールのことは誰にも言わないように過去の自分に言って」

裕也はアドレス欄にアドレスを打ちこんだ。〝一条裕也@２０１４．６．６〟。

次は文面だ。言いたいことだけ書いたのでは信じてもらえないだろう。今の自分が無量小路幽子の言うことを、なかなか信じなかったのと同じように。裕也は昨日考えてきた文面を慎重に打ちこんでゆく。

——一条裕也へ。僕は大学四年の未来の一条裕也、すなわちお前自身だ。今は2018年。信じられないだろうが、これは本当のことだ。その証拠に自分しか知らないことを書く。お前は小学二年生の時、近所のお墓の墓石を倒して逃げた。誰が倒したか大問題になったが、お前は自分がやったと告白できず犯人は結局見つからないままだった。この事実を知っているのはお前すなわち一条裕也だけ、自分だけだ。そしてもう一つ決定的な証拠を挙げる。

裕也は二〇一四年六月七日に行われた野球とサッカーの試合結果を調べだしてメールに書きこんだ。

——このメールを信じてくれ。いや、明日の試合結果を見れば信じざるをえないだろう。そこで、ここからが本題だ。このメールが未来の自分からだと信じたら今から書くことを実行してくれ。

裕也は一息ついてから一気にメールを書きあげた。

——佐久川こころに自分の気持ちを告白するんだ。しないと大変なことになる。お前は大学の四年間、カノジョができない。そればかりか佐久川こころが悲惨な目に遭う。妻子持ちのサラリーマンとつきあって、そいつの子を身籠もり、中絶もできず二進《にっち》も三進《さっち》もいかなくなる。それを救うのは、お前だ。ほんの少しの勇気を持てばいい。佐久川こころに告白するんだ。お前がこころちゃんに告白したくても、柏に遠慮して告白できずにいたことは判っている。だが安心しろ。柏も結局、こころちゃんに告白できず、ちゃっかり別のカノジョを作った。このままではお前だけ大学の四年間でカノジョができないぞ。勇気を出すんだ。こころちゃんに告白しろ。それがお前と、こころちゃんを救う道だ。

一気に書きあげると裕也は無量小路幽子を見た。

「書き終わったの？」

裕也は頷いた。

「じゃあ、送信して」

裕也は深呼吸をした後、送信した。

＊

四年前の六月六日――。

一条裕也が目覚まし時計に手を伸ばしてアラーム音を止めたところでスマホにメールが着信した。送信者を確認すると〝一条裕也〟とある。

(なんだこれは?)

どういうことか判らなかったが、とりあえず文面を確認する。送信者の欄に受信者である自分の名前が表示されてしまったのかもしれない。

――一条裕也へ。僕は大学四年の未来の一条裕也、すなわちお前自身だ。今は2018年。信じられないだろうが、これは本当のことだ。

裕也は啞然《あぜん》とした。わけの判らないことが書いてある。裕也は文面をすべて読んだ。

(信じられない)

こんな事があるのだろうか?

(だけど……)

小学二年生のときに墓石を倒したのは本当のことで、それは自分しか知らないことだった。裕也はゾッとした。

(誰だ。いったいどんなトリックを使った?)

わけが判らなかった。アドレスを知っているということは自分の知りあいのようだが自分しか知らない小学二年生の時の秘密を持ちだしている。

不思議なメールを友だちにも見せたかったが墓石のことが書かれているし佐久川こころに告白しろということも書かれている。それに、このメールのことは誰にも言わないようにとも。もしこのメールが本当のことを書いたものなら言ってはいけないのだ。

(少なくとも明日のスポーツの結果を見てみよう。それから判断しても遅くはない)

大学一年生の裕也はスマホを置いた。

＊

翌々日——。

裕也は佐久川こころを喫茶店に呼びだしていた。海ドラ研でいつも使う新宿の喫茶店ではなくて渋谷の喫茶店。それだけでも、かなり勇気の要ることだった。だがメールには〝勇気を出せ〟と書かれていた。

（そうだ。勇気を出して、こころちゃんに告白するんだ）

メールで予言されていたスポーツの結果は、すべて的中した。メールに書かれていることが本当のことでなければ、ありえない結果だった。

（あのメールは四年後の自分が送信したんだ。まちがいない）

裕也は確信した。メールに返信して真相を尋ねたが宛先《あてさき》不明で戻ってきて返答を得ることはできなかった。

（やるしかない）

それが自分と、こころちゃんのためならば。

「なあに？　わざわざ渋谷まで呼びだして」

佐久川こころは興味深げに、その細い目を少し大きく開いて裕也を見た。裕也は最大限の勇気を振り絞った。

「佐久川さん。僕とつきあってくれ」

「え？」

こころの目はさらに大きくなった。だが、その口元は少し脹《ふく》らみ笑いを堪《こら》えているようにも見える。

「前から好きだったんだ」

裕也は少し、はにかんだ。

「海ドラ研に入って初めてこころちゃんを見た瞬間から好きだった。でも言えなかった」

裕也は必死に喋《しゃべ》る。自分と、こころの未来を救うために。

「勇気を出して言うよ。こころちゃん。僕とつきあってくれ。それが二人の未来を救うことになるんだ」

「ちょっと待ってよ」

こころの顔は笑っている。だがその笑顔は嬉《うれ》しさから来たというより、どこか裕也をバカにしたような笑みに見える。

「気持ちは嬉しいけど、ちょっとね」

「ちょっと？」

こころは、うつむいて笑いを堪えているようだ。

「こころちゃん。驚いたかもしれないけど悪いことは言わない。僕とつきあうんだ。そうしないと、こころちゃんは不幸になる」

「なによ」

裕也の言葉にこころは気分を害したようだ。

「変なこと言わないで」

「あ、ごめん」

「一条君って、ちょっとダサイよね」

「え?」

「ごめん、わたしの趣味じゃないの」

そう言うと、こころは、お金も払わずに喫茶店を出ていった。

＊

裕也はスマホの動画機能で過去の自分の告白場面を見ながら唖然としていた。

(こころちゃんにふられた)

結局、何も変わらなかったじゃないか。いや、恥をかいた分、前より酷《ひど》くなったと言える。

(無量小路幽子め)

裕也は怒りを覚えた。だが、その感情もやがて薄くなる。裕也の意識が遠くなる。過去が変わって裕也の人生が変わり始めたのだ。すでに新しい人生が作動し始めている。古い人生が消滅する……。

＊

裕也は渋谷のモヤイ像の前で一年生の時の自分を思いだしていた。たしか不思議なメールを受信したような気がする。だけど徐々に、その記憶が薄れつつあるのだ。スマホには、すでにそのメールは残っていない。いつの間にか消えてしまったのだ。今から思えば、あのメールを受信したことは夢だったような気もする。

（それにしても、あの時、よくこころちゃんに告白したなあ）

見事にふられたけれど悪いことばかりじゃなかった。こころにふられて落ちこんでいる裕也に同じ海ドラ研の仲間である木沢里奈が同情して恋が芽ばえた。こころにふられはしたが勇気を出して告白した裕也に好感を持ったそうだ。いま裕也は木沢里奈とつきあっている。

「もし、あのまま裕也がこころに告白しなかったら、わたしは裕也をなじっていたかも」

里奈はそんなことを言っている。

佐久川こころは裕也に告白されたことを柏瑞樹に面白おかしく報告し、それがきっかけで、こころと柏の二人はつきあい始めた。つまり海ドラ研の中に二組のカップルが誕生したのだ。

（あの時、こころちゃんに告白しなかったら、いったいどんな人生になっていたんだろう？）

裕也はふとそんなことを考える。僕の性格からして、やっぱり四年間カノジョができなかったかもしれない。それにあの不思議なメールによれば、こころちゃんは悲惨な人生を送ることになる。それが……。

（僕が告白したことがきっかけで僕には木沢里奈というカノジョができて柏はこころちゃんとつきあい始めた）

今では、あのメールが現実のことだったのか夢だったのか判然としない。

「待った？」

木沢里奈が駆けてくる。裕也は笑みを浮かべた。

「ゴメン遅れて。ライン送ったんだけど」

雑踏がうるさくて着信音が聞こえなかったようだ。裕也はスマホを取りだしてラインを確認する。〝無量小路幽子〟という文字が見えた。

（何だこれは？）

だが、すぐに消えた。

（錯覚か）

裕也は歩きだした。

「映画観《み》ようか。『ゲーム・オブ・スローンズ』のデナーリスが出てるんだ」

「いいわね」

木沢里奈が腕を組んできた。二人はそのまま渋谷の雑踏に向かって歩きだした。

第二話　無視されたメッセージ

若田《わかた》あおいが監視員の目を盗んでプールに飛びこんだ。芋を洗うような人混みの、わずかな隙間《すきま》に水飛沫《みずしぶき》が上がる。

若田あおいは中学三年生である。やや丸顔だがクリクリとよく動く目は愛らしくクラスの男子にも人気がある。今日はクラスメートの男女六人で地元仙台の遊園地《ベアーランド》のプールに遊びに来ているのだ。

「何やってんだよ、あおい！」

あおいの蛮行に一緒に来ていた大川恵美子《おおかわえみこ》が笑いながら声をかける。大川恵美子は地味な顔立ちをした女子だが吐く言葉は、いつも強気だった。そのときホイッスルがけたたましく鳴った。

「そこ、飛びこまないで！」

あおいが監視員に注意されたのだ。水面から顔を上げたあおいはペロリと舌を出した。

その様子を見て金井洋《かないひろし》も笑う。金井洋は背は、あまり高くないが端整な顔立ちをしていて女子に人気があった。

あおいは若い軀《からだ》から水を滴らせてプールから上がった。ビキニに近いセパレーツの水着を着ている。

「あおいにしては大胆だよね、その水着」

あおいは顔は派手だが性格はどちらかというと生真面目《きまじめ》なところがあった。明るくジョークが好きで、よくクラスメートを笑わすがルール違反は、あまりしたことがない。ルールを破ることに心理的抵抗がある。だから今日、禁止されているプールでの飛びこみを敢行したのは、あおいにしては、かなり弾《はじ》けた行為だった。

「あおいって意外と出てるところは出てるんだね」

安田《やすだ》珠美《たまみ》が勝手にあおいのボディーの品定めを始めた。珠美はお嬢様のような可愛《かわい》らしい顔立ちをしていたが性格はきついところがあった。

「やめてよ」

あおいは心持ち両手で軀を隠すような仕草を見せる。

「金井君だって見てるんだから」

珠美の耳に口を近づけて小声で耳打ちする。

「見せるために着てきたんでしょ」

恵美子の言葉に、あおいは恵美子を殴る手真似《てまね》をする。そのおどけた仕草に珠美が大きな笑い声をあげる。

金井洋が近づいてきた。あおいは笑みを見せるとみんなから離れた。

「泳がないの？」

「ちょっと休む」

「金井君が来るのに」

「疲れたの」

本当は頭痛を感じたのだ。

「わかった。うちらは泳いでくるね」

恵美子たちが「わあ冷たい」などと言いながら次々にプールに入ってゆく。金井も恵美子の後を追ってプールに入った。

あおいはタオルやポシェット、ゴーグルケースなどを置いて確保してある自分たちの場所に坐《すわ》った。肩からバスタオルを羽織る。

（痛い）

あおいは顔を顰《しか》めて左右のこめかみを指で押さえた。

このところ頻繁に頭痛が起こる。今日もプールに飛びこんで水面から顔を上げたときにズキンという痛みを感じたのだ。時間が経《た》つにつれ痛みは引かないばかりか、ますます強くなる。

（治まってくれればいいけど）

このままの状態が続けば今日はもう遊ぶことはできないだろう。

「悩みがあるみたいね」

あおいは驚いた。いつの間にか隣に坐っていた若い女性から話しかけられたのだ。その女性は水着撮影会にやってきたアイドルタレントかと思ってしまうほど魅力的な容姿をしていた。顔の輪郭は卵形で品が良く目がパッチリとして輝きを放っている。身長は百五十八センチぐらいだろうか。花柄のビキニがとてもよく似合っている。上品そうな顔に似合わず軀はグラマーだった。

だが……。

あおいは少し鬱陶《うっとう》しさを感じた。知らない人に話しかけられるのは好きではない。たまにバスで隣に坐ったおばさんに話しかけられたりする事もあるのだが返事をするのが面倒くさい。しかもこの女性は「悩みがあるみたいね」などと極めて個人的な内容に踏みこんできた。あおいが返事を躊躇《ちゅうちょ》していると女性はさらに続けた。

「頭痛が取れないんでしょ？」

どうして判《わか》ったのだろう。あおいは考えたが、きっと顔を顰めてこめかみを押さえていたのだから、そこから推測したのだろうと結論づけた。あおいは曖昧《あいまい》に頷《うなず》いた。

「あのことが原因かもね」

「え？」

あおいは思わず声をあげていた。

「やり直すことができるかもしれないわよ」

女性は勝手に話を続けている。

「あの」

いったいどういう事だろう。自分の頭痛の原因は、おそらく〝あのこと〟だろう。それは自分では、なんとなく判っている。しかしこの初対面の女性は、そのことを知っているのだろうか？

「あなたは、誰《だれ》ですか？」

「無量小路幽子」

「ムリョーコージ？」

「ユウコ」

初めて聞く名前だった。

「過去の自分に一度だけメールを送ることができるわ」

「え？」

この女性の言っていることはよく判らない。

（きっと危ない人だわ）

あおいは頭の痛みを堪《こら》えて立ちあがろうとした。とにかくこの女性から離れたかったのだ。だが女性の方が先に立ちあがった。

「明日、あなたにメールを送る。未来のあなたにあなたが思っていることを訊《き》いて、それをメールに書くわ。そのメールを見てあたしのことを信じることができたら次の祝日、もう一度《ベアーランド》に来て。観覧車の前で待ってるから」

そう言うと女性は去っていった。

「ちょっと、あおい」

プールから上がった恵美子が寄ってくる。

「誰？　あの人」

「知らない人」

あおいは肩をすくめた。

「ちょっと危ない人よ」

「へえ。きれいな人なのにねえ」

あおいは去ってゆく女性の後ろ姿を不思議な気持ちで眺めていた。

＊

あおいには古宇田有貴《こうだゆき》という友だちがいた。古宇田有貴はどちらかというとおとなしい女の子だった。あまり表情がなく大声で笑うこともない。だが基本的に真面目《まじめ》な性格のあおいとはよく気が合った。

小学六年生のときに同じクラスになって仲良くなった。二人ともチョウが好きでモンシロチョウの飼育をしていてノートやシールもチョウの絵がプリントされたものを使っていたので、そこから話をするようになった。お互いの家に遊びに行ったこともある。

同じ公立中学に進学したが一年生のときは違うクラスになった。だが家が近かったせいもあり、まだ友だちづきあいは続いていた。二人はメールアドレスを互いに教えあい何度かメールやラインの遣《や》りとりをした。そして二年生になったとき二人は同じクラスになった。だが……。

一学期の始めから有貴はクラスの中でイジメの対象になった。あまり人づきあいの得意でない有貴はクラスの女子の中でボス的存在である安田珠美に目をつけられてしまったのだ。安田珠美は可愛らしい顔とは裏腹に陰で女子たちを牛耳っていた。

どこがおもしろいのかあおいには判らなかったが珠美は有貴を見るとクスクスと笑うようになった。珠美の取り巻きの一人だった大川恵美子も率先して有貴を笑うようになった。

やがて……。クラスの女子全員が有貴を無視し始めた。あおいには事態がよく飲みこめなかった。

いつの間にかクラスの中で有貴と話をするのは、あおいだけになっていた。

珠美が有貴をイジメのターゲットにした理由はあおいには判らなかったし、おそらく〝おとなしそうな奴《やつ》だから〟〝なんとなくうざいから〟〝無視したらおもしろそうだから〟〝あいつなら無視しやすそうだから〟という理由にもならない理由なのだろう。

そんなとき、あおいのスマホに大川恵美子からラインで連絡が来た。

——古宇田有貴と話さない方がいいよ。

古宇田有貴を実質的にクラスの除《の》け者にする勧めだった。みんなで徹底的に無視するというゲームだ。

あおいの心に大きな波が立った。そのメッセージを読み終えた途端、胸が大きく波打ち息苦しさを覚えた。

(どうして?)

みんながクラスメートの一人を無視することができる理由が判らなかった。だけど現実に有貴は無視されていた。積極的に話しかけない生徒はまだいい方で話しかけられても返事をしない生徒がだんだんと増えていった。

(あたしは、そんな事できない)

恵美子のラインに、あおいは返信しなかった。だが有貴がこのところ、どんどんと元気がなくなってきていることは事実だった。

（誰かに相談しなきゃ）

あおいは自分では正義感の強い方だと思っていた。

（誰に相談したらいいんだろう？）

あおいは考えを巡らす。

（そうだ。金井君）

金井洋とは休み時間などによく話をする。

あおいは密《ひそ》かに金井洋に特別な感情を抱いていた。二年生になり同じクラスになると、すぐに金井のことが好きになったのだ。だがその気持ちは金井にも女子の友人にも誰にも打ち明けてはいなかった。金井とは気の置けない友人としてゲームや音楽の話をするだけだ。

（もしかしたら、あたしは有貴のことにかこつけて金井君ともっと親しくなろうとしているのかもしれない）

一瞬そんな考えが頭を過《よ》ぎったが現実にイジメの対象になっている有貴のことを考えたら動機はどうでも良かった。

翌日――。

やっぱりクラス全員が有貴を避けている雰囲気を感じる。あおいは有貴を無視するつもりはなかったが、その日はたまたま話す機会がなかった。

給食を食べ終えると、あおいは有貴に話しかけられた。五時間目の英語の宿題についてだった。あおいは笑みを浮かべて答えたが、その笑みはどこか引きつり会話もぎこちないものになってしまった。

「どうしたの？　まさかあおいまで……」

不安そうな顔をする有貴を残してあおいは席を立った。金井洋に相談しなければ。教室を見回したが金井の姿はなかった。教室を出ると廊下の角に金井の姿を見つけた。あおいはドキドキしながら金井に近づいた。

「ウザイと思わない？　古宇田有貴」

安田珠美の声が聞こえた。廊下の角の向こう側に珠美がいるのだ。姿は見えないが金井が話しているのは珠美だった。

「だな」

「シカトしようよ」

「わかった」

金井はそう返事をすると、あおいの存在に気がついたのか振りむいた。

「どうした？　若田」

金井の言葉に返事ができない。ただ思いつめたような顔で金井を見つめるだけだ。

「なんだよ」

キョトンとする金井を残して、あおいは無言でその場から走り去った。

*

憧《あこが》れの金井洋までもが有貴をウザイと思っている。あおいはどうしたらいいのか判らなかった。

学校では、それとなく有貴を避けている自分に気づいた。話しかけられたらどう対処すればいいのか判らない。だから逃げていた。だけど有貴の方が必死だった。有貴はなんとか逃げているあおいに近づいた。

「あおい」

声をかけられたが聞こえないふりをして逃げた。

その夜。有貴からラインが来た。

——あおい。聞いて。クラスのみんながわたしのことを無視している。どうして？　理由を知ってるなら教えて。必ず返事をください。

メッセージを読み終えて、またもやあおいの心臓は波打った。大川恵美子のラインを読んだときよりも、さらに鼓動が速くなった。

（返信してあげたい）

そう思った。

（ここで返信しなきゃ、あたしは、あたしでなくなるような気がする）

あおいはディスプレイを見つめた。

（でも……）

結局あおいは返事を書かなかった。

翌日、古宇田有貴は自宅のベランダで首を吊《つ》って死んだ。

＊

無量小路幽子からメールが来た。

――若田あおいさん。あなたは二年生の時から金井洋が好きですね。

ドキッとした。本当のことだったからだ。

――その頃《ころ》から、なんとか一緒に《ベアーランド》に行きたいと思っていましたね。

心の中を覗《のぞ》かれている。そう感じた。いや、もしかしたらあおいの身近にいる人間が、あおいの心を推測して無量小路幽子に教えたのかもしれない。

それとも……。

(あの人の言っていたことはすべて本当のことなの？)

あおいは恐ろしくなった。メールには続きがあった。

――二日後、沖縄で新種のチョウが発見される。

とんでもないことが書かれている。

(もし本当に新種のチョウが発見されたら、このメールを、あの人の言っていることを信じるしかない)

あおいはメールを閉じた。

＊

古宇田有貴の自殺に、あおいは激しい衝撃を受けた。葬儀に出席しても軀の震えが止まらなかった。

有貴は棺《ひつぎ》に入れられ冷たくなって目を閉じていた。父親がその棺にすがって有貴の名を叫んでいた。母親は声をあげて泣いていた。あおいは目を背けた。だが安田珠美や大川恵美子は、さほどの衝撃を受けてはいないようだった。そればかりか二人は葬儀の席でクスクスと笑いながら話をしていた。

一年が過ぎた。

あおいは三年生になった。また大川恵美子や安田珠美、金井洋と同じクラスになった。恵美子は、いや、生徒のすべてが古宇田有貴の自殺などなかったかのように平凡な日常を過ごしていた。

あおいも恵美子たちと笑いながら過ごす楽しい日々を取り戻していた。だが……。このところ頻繁に起こる頭痛は、きっと古宇田有貴の自殺が関係している。

(有貴のお葬式で見たご両親の嘆き)

その涙をあおいは忘れられない。

（あの時あたしが有貴のラインに返信していれば有貴は死なずに済んだのかもしれない）

その思いが頭から離れない。そう思い続けるうち頭痛が起きるようになったのだ。

＊

無量小路幽子が予言したチョウの新種は本当に発見された。あおいは無量小路幽子と、そのメールを信じざるを得なかった。あおいは《ベアーランド》の観覧車の前にやってきた。ほどなく無量小路幽子が姿を現した。

「観覧車に乗りましょう」

幽子に促されて、あおいは幽子と一緒に観覧車に乗りこんだ。

「メールの文面は考えてきた？」

あおいは蒼《あお》ざめた顔で頷いた。

「本当なんですね？　過去の自分にメールが送れるって」

「一度だけね」

幽子はあおいに、そのやり方を教えた。

「アドレスは、自分の名前を入れてアットマーク、そして送りたい自分がいる日付を入力して」

「あたしのスマホで?」

「これを使って」

幽子は自分のスマホを出した。

「その前に写真を撮らせて」

幽子はスマホのカメラ機能で、あおいの顔を撮った。

「どうして、あたしの写真を?」

「集めてるの」

「あなたは誰なの?」

「自己紹介はしたわ」

「でも……」

正体が判らない。

「捜してるのよ」

「なにを?」

幽子は答えずにスマホをあおいに渡した。あおいはそのスマホを受け取った。白いスマホで見たことのない機種だった。あおいは送信先のアドレスを入力すると、おそるおそる文面を書きこみ始めた。

——あたしは若田あおい。一年後のあなた自身です。

あおいはこのメールが本物であると一年前の自分が信じるように未来の自分だけが知っている事件を予言的に書きこんだ。古宇田有貴が自殺をする日の朝刊に載る記事だ。その日の朝刊を読んで信じてもらえれば、それから有貴にラインを送っても間にあうはずだ。

——このメールが本物だと信じることができたら、あなたに言わなければいけないことがある。よく聞いて。古宇田有貴がクラスのみんなから虐《いじ》められて、無視されて、あなたに助けを求めるラインを送る。そのラインを無視したから古宇田有貴は自殺した。

ここまであおいは一気に書きこんだ。昨日さんざん考えた文章だった。

——これは本当のことなの。今のあたしは、とっても後悔している。だから……

そこで文字を打つ手が止まった。どうすればよかったのか判らないのだ。

——だから無視しないで。有貴からの連絡を無視しないで。

突然、指が動いて無心で文字を打っていた。とにかく自分だけでも有貴を無視すべきじゃないということだけは確かだ。有貴に返信する文面は一年前の自分に任せるしかない。

「書き終わったの？」

あおいは頷いた。

「だったら送信ボタンを押して」

あおいはジッとディスプレイを見つめていたが、やがて決心して送信アイコンをタップした。メールは送信された。

「どうなるの？」

「過去が変われば未来も変わる」

「今のあたしは？」

「消えるわ」

「え？」

「新しい人生に変わるのよ」

観覧車が元の位置に戻りつつある。

「その様子を少しだけ見ることができる」

「見れるの？」

「ええ。あなたのスマホに動画機能があるでしょ。そこに変化した人生の様子が自動的にアップされる」

観覧車が元の位置に戻り二人は降りた。

＊

それとなく有貴を避けている自分に気づいてベッドの中であおいは心苦しくなった。

今日、有貴に声をかけられたが聞こえないふりをして逃げてしまった。

（だって、しょうがないじゃない）

話しかけられたらどう対処すればいいのか判らないのだ。だから逃げた。

（それに）

有貴のことは無視するようにと恵美子から忠告を受けている。無視しなかったら今度は自分が無視されるかもしれないのだ。

スマホの着信ランプが光った。送信者を見ると有貴からだった。文面を読んだ。

――あおい。聞いて。クラスのみんながわたしのことを無視している。どうして？　理由を知ってるなら教えて。必ず返事をください。

あおいは迷ったが、返信しないことに決めた。心臓が波打ち心は大きく揺れたが、これも自分の身を守るためなのだ。

また着信ランプが光った。

（もうイヤ）

また有貴からに違いない。だが送信者は〝若田あおい〟となっていた。

（なにこれ）

自分からメール？　きっと誰かのイタズラかスマホの故障だろう。あおいは好奇心もあってそのメールを開いた。


――あたしは若田あおい。一年後のあなた自身です。


ますますわけが判らない。メールには、有貴が自殺すると書いてあった。異様な内容に、あおいはメールを最後まで読んだ。メールは次のように締めくくられていた。

――有貴の悲しさを想像してみて。毎日毎日みんなに無視されることが、どんなに悲しいか。自分が話しかけても誰も応《こた》えてくれないことがどんなに悲しいか。その悲しみをあなたも有貴に与えるなら、あなたはあなたじゃなくなる。

あおいはハッとした。

(この言葉……)

あなたはあなたじゃなくなる……。自分がついさっき感じたことだ。

(このメールは、本物だ)

あおいはそう直感した。だけど、そんな事がありうるのだろうか? 明日になれば、このメールが本物かどうか、もっとハッキリ判るだろう。明日の新聞を見て、このメールに書かれていることが起きたのなら、本物だと断定できる。

でも……。

明日まで待てない。メールを読んで、あおいは有貴のラインに返信しなければと強く思った。

(そうじゃないと、あたしはあたしでなくなる)

何を書こうか?

内容はさして問題ではない気がした。とにかくラインに返信すればいい。そうしたら自分だけは有貴を無視していないことになる。

あおいは有貴への返信の文面を考え始めた。

＊

観覧車を降りたあおいは変わり始めた人生を確認しようとスマホの動画機能を呼びだした。だがなかなか見つからない。あおいは無量小路幽子を捜そうと辺りを見回したが、すでにその姿は消えていた。

(見れるって言ったのに)

それとも一年前の自分は有貴のラインに返信しなかったのだろうか。だとしたら今が変わらないのも納得できる。

「あ!」

あおいは思わず声をあげた。ディスプレイに何かが映ったのだ。それは女の子の顔だった。自分の顔だったか有貴の顔だったか見極めようとしたときには、すでにその顔は消えていた。

(どっちだったんだろう)

でもどちらでもいい。その顔は笑っていたのだ。

あおいの意識が薄くなる。

(今のあたしは消えるんだ。人生が変わったんだ)

自分がどんな行動を起こしたのかは判らない。でも人生がいい方向に動いたような気がする。

あおいの意識が飛んだ。

（あれ？）

あおいは《ベアーランド》の観覧車の前にいた。

（あたし、こんなところで何をやってるんだろう）

たしか友だちと待ちあわせをして……。

入り口付近に女友だちの姿が見えた。あおいは手を振ると、その友だちに向かって走り出した。

第三話　大穴に賭けろ！

八頭の馬が大迫謙一《おおさこけんいち》の目の前を走り抜けた。

大迫謙一は、いかつい顔をさらに険しくして、その様子を呆然《ぼうぜん》と見送った。

（終わりよった）

すべてが終わった。その事だけは判《わか》った。だが、それを声に出して言う気力は残っていない。

小学五年生になる娘のはづきの顔が目に浮かんだ。

大迫謙一は大阪にある小さな不動産会社に勤める営業マンだった。外回りの仕事で上司の目が届かないのをいいことに、いつも仕事をサボっては阪神競馬場や京都競馬場に出かけている。中央競馬のレースがない夏場は今日のように地方競馬場にも足を運ぶ。

謙一は十一年前、二十三歳の時に少し早い結婚をした。つきあっていたカノジョが妊娠した、いわゆるできちゃった婚だった。子供は女の子で八月に生まれたから陰暦八月の呼び名である葉月、すなわち〝はづき〟と名づけた。ゴツゴツした顔の自分ではなく美人の妻に似て良かったと謙一は思っている。

仕事をサボり続けて売上ゼロの謙一には膨大な借金だけが残っている。

昨日、ローン会社から十万円を借りた。借りられる最後の金だった。次の十万円を引き出そうとしたら貸出がストップしてしまったのだ。そして最後の十万円を持って姫路競馬場にやってきた。

今までもろくに仕事をせずに酒を飲み、パチンコですり、競馬で外れ続け、貯金を使い果たして妻に内緒でローン会社に金を借りて競馬を続けていたのだ。

（給料日まであと一週間もある）

もともと人に頭を下げることができない性格で親戚《しんせき》づきあいも苦手だった。そんな謙一に愛想よく客に商品を売りつける営業の仕事など務まるはずもなく営業成績はいつも最下位近くをうろつき売上に応じてもらえる給料も下がる一方だったのだ。

いま積もり積もった借金が三百万円を超え明日の食事代を妻に渡すことさえできない状態に追いこまれている。

（一発当てたら借金を返せる）

そう思って競馬場に通っていたのだが返せるどころか借金は膨らむ一方だった。今日も最後の勝負とばかりに第一レースから賭《か》け始め、すべてのレースに金を注《つ》ぎこんだ。当たったレースもあったが気がついたら最終レースを残して一万円を残すのみとなった。そしてその一万円を三連単に賭けたのだが掠《かす》りもせずに外れ、馬券は紙くずと化した。

謙一は財布を出して千円札の一枚ぐらい残っていないかと淡い期待を抱いて中身を確認した。お札は一枚も残っていなかった。小銭を入れる部分には百円玉が三枚と十円玉が四枚。あとは一円玉が二枚あるだけだ。

(会社に戻って同僚の誰《だれ》かから金を借りるか)

謙一はスマホを取りだして会社に電話をした。

——もしもし。大迫です。

事務をしている中年の女性が出たが、どういうわけかすぐに社長に代わった。

——社長ですか。大迫です。今から帰ります。

——帰らんでもええ。

——え?

——お前は馘《くび》だ。

一瞬、何を言われたのか判らなかった。

――都合のええ時に自分の荷物を取りに来ればええ。

――そんな……。

謙一は絶句した。

――無理もないやろ。お前、今どこにおる？

競馬場。社長はお見通しだったのか。売上ゼロが続いていれば見当もつくのかもしれない。

――それから給料のことやけどな。

一週間後に振りこまれる予定だ。

――お前、会社から前借りしとるやろ。それと相殺や。

――振りこまれないという事ですか？

――当たり前や。こっちが足が出るくらいやけど、それは退職金代わりにくれたるわ。

電話が切れた。しばらくその場でスマホを握りしめていた。

競馬場に蛍の光のメロディーが流れ観客は次々と帰り残っているのは、あきらめきれない数人だけとなった。

(馘になってもしゃあないか)

謙一もようやく事態を認め踵《きびす》を返すと出口に向かって弱々しい歩調で歩きだした。

(行く当てがない)

家に帰る気にはなれなかった。有り金をほとんど競馬ですって、そのうえ会社を馘になったなどと言えるわけがない。イコカにまだ残金が九百円ほどあるはずだから家に帰ることはできるが足が動かない。

(いったい、どういう顔で妻や子に会えばいいんだ)

謙一は競馬場を出たところで立ち尽くした。どこへ行ったらいいのか判らなかったからだ。

(このままホームレスにでもなったろか)

謙一は、やけくそ気味にそんな言葉を頭の中で弄《もてあそ》んだ。

「やり直す気はあるの?」

若い女性の声が聞こえる。謙一はそれが自分に発せられた声だとは思わなかった。競馬場で声をかけてくる若い女性の知りあいなどいないはずだ。だが、その女性は謙一の目の前に行く手を塞《ふさ》ぐように立っている。

謙一は改めて女性の顔を見た。綺麗《きれい》な卵形の輪郭に円《つぶ》らな瞳《ひとみ》が輝きを放っている。

（わいには縁のない女や）

咄嗟《とっさ》にそう思ったが、どうやら女性の視線から推し量るに、この女性は自分に話しかけているようだ。

「何か用か？」

本当は言葉を発する気力もなかったのだが女性のどこか優しげな顔を見ているうちに言葉が自然に出ていた。

「過去の自分に一度だけメールを送れるの。その権利をあなたに譲るわ」

女性の言っていることがよく判らなかった。

「あんた、東京の子か？」

「あたしは無量小路幽子」

その時、謙一のスマホの着信音が鳴った。謙一はユルユルと手を伸ばしてズボンのポケットに入れていたスマホを取りだした。着信メールが一件あることを告げるメッセージが表示されている。送信者は〝無量小路幽子〟とあった。

「あんたか？」

女性は頷《うなず》いた。謙一はメールを開けて文面を確認した。

――過去の自分に一度だけメールを送れるとしたら、あなたは、いつの自分に、どのようなメールを送りますか？

謙一は顔をあげて無量小路幽子を見た。

「何やこれは？」

「書いてある通りよ」

無量小路幽子は頬笑《ほほえ》んだ。メールにはまだ続きがあった。

――このメールも明日から送っているのです。いきなりこんなメールを見せられても信じられないでしょうから、これから行われるスポーツの結果を記します。

そこには今日これから試合が始まるボクシング（ＷＢＣウェルター級の日本人同士によるタイトルマッチ）とプロ野球全試合の結果が勝利投手やホームランを打った打者などと一緒に記されていた。

謙一はスマホをしまった。そのまま無言で無量小路幽子の脇《わき》を通りぬける。

「もし、あたしの言っていることが本当だと判ったら明日の朝、ここに来て」

若い女はそう謙一に声をかけた。

(頭のおかしな女や)

そう判断した。だがこの女性との出会いも無駄ではなかった。この女性から逃れようとして少なくとも歩きだすことができた。謙一は駅まで歩きイコカで改札を抜けた。

＊

飲み屋に寄る金もなかったので謙一は、まっすぐに家に帰った。家に着くと、ちょうど夕飯の時間で謙一は妻の容子《ようこ》と、はづきと三人で食べ始めた。白いご飯にふりかけだけの夕飯だった。

「おかずは?」

はづきが母親に訊《き》いた。

「今日はないの」

容子は無表情のまま答えて、ふりかけのかかった白米を箸《はし》で口に運んだ。謙一は、いたたまれない気持ちになって箸を箸置きに置いた。

「もうすぐ、うちの誕生日だよ」

おいしそうにふりかけご飯を食べていたはづきが言った。

「誕生日のプレゼント、スマホがいい」

「アホ」

すぐさま謙一が言った。

「小学生でスマホなんて、まだ早い」

本当は安全のために携帯電話を持たせるのも悪くないかとは思っていた。愛想はないが、妻に似て綺麗な顔立ちをしているはづきが変質者に狙《ねら》われないとも限らない。そんなときにスマホがあれば位置が特定できるかもしれない。万が一の心配だが、そんなことも考えたことがあった。だが今、現実問題として携帯電話を買う金はない。

はづきは不満顔になった。

「大地《だいち》君も持ってたよ」

容子の顔色が変わった。

小曽根《こぞね》大地は、はづきの従兄弟だった。容子の弟の子どもである。はづきとは同い年で仲が良く正月や夏休みにはよく遊んだ。

謙一は容子の弟夫婦にも金を借りていた。容子の弟は小曽根啓嗣《けいし》といって中堅企業のサラリーマンをしている。容子に似て小柄で色白だった。それが男としては、どこか弱々しい印象を与えてもいた。

一粒種の大地は小学三年生のときに重い心臓の病気で亡くなっていた。渡米して手術をすれば助かると言われたのだが資金の調達が間に合わずに助からなかったのだ。そんな状況の夫婦にまで金を借りに行ったことがやがて容子に露見し、そのときも大喧嘩《おおげんか》になった。

「とにかく、まだ早いんや」

「だったら一輪車」

はづきの顔には、もう笑みが戻っている。

「それなら早くないでしょ？　学校にも置いてあるし。ともだちも持ってる子、いっぱいいるよ」

謙一は小曽根夫婦のもとに金を借りに行った日、団地の敷地内で大地が一輪車に乗っていた姿を思いだした。

容子が冷ややかな顔で謙一を見ている。

「いくらぐらいするんや？」

どのみち謙一の財布には数百円しかなく貯金もないうえ金を借りることもできなくなっているのだから、いくらであろうと買うことなどできないのだ。

「わかんない」

はづきはそう答えると無邪気な顔でふりかけご飯をかきこんだ。

*

朝起きるのが辛《つら》かった。昨日は結局、会社を馘になったことを容子に言えないままだった。食事が終わると、そのままテレビも観《み》ないでふて寝してしまった。容子とケンカになったから逃げるように蒲団《ふとん》に潜りこんだのだ。このところ金のことでよくケンカをする。

(当たり前や)

ろくに家に金を入れていない。それどころか、ろくに働いていないのだ。

「おとーさん、朝だよ」

はづきが謙一に声をかける。謙一は目を開け、はづきの顔を見て頬笑んだ。

「早く来てね」

そう言うと、はづきは食卓に戻っていった。はづきは可愛いが、やはり起きる気になれない。容子と顔を合わせるのが辛い。

謙一は昨日、競馬場で出会った若い女性、無量小路幽子のことを思いだした。

(どうせ頭のおかしな女だ)

だが無量小路幽子は謙一のスマホにメールを送信した。

(どうして俺のアドレスが判ったんやろう?)

昨日はボンヤリとしていて、そのことの不思議さに気がつかなかった。謙一は枕元のスマホを摑《つか》むと突然、起きあがった。食卓の傍《そば》を通り過ぎる。

「おとーさん、どこ行くの？」

「あなた」

容子の険悪な声を無視して玄関まで進みドアに設置されている新聞受けから新聞を取りだす。スマホを片手に器用にスポーツ欄を開けて玄関でパジャマのまま読みだす。

「あなた、何をやってるの」

容子の咎《とが》めるような声が聞こえるが謙一の目はスポーツ欄に釘《くぎ》づけになったままだ。昨日、無量小路幽子からもらったメールの文面と照らし合わせる。

（当たっとる）

無量小路幽子のメールに記されていたボクシングと野球の結果が、ことごとく当たっているのだ。

（どうしてや？）

昨日、競馬場で無量小路幽子と会ったのは午後五時頃だった。その時、まだナイターは始まってもいない。

（これは……）

間違いない。無量小路幽子の言っていたことは本当だったのだ。謙一は食卓を素通りして寝室に戻った。

「あなた」

容子の声が怒りの度合いを強めている。だが謙一はなんとしても今日、もう一度、無量小路幽子に会わなければいけないと思っていた。

（あの日にメールを送れば……）

謙一はよく覚えていた。高額万馬券が誕生した三年前のあの日を……。

＊

謙一は急いで着替えると朝食も食べないで家を飛びだした。容子の激怒している様子が目に浮かぶ。だが逡巡《しゅんじゅん》しているときではなかった。もし無量小路幽子の言っていることが本当なら（スポーツの結果を見ると本当のことだと考えるしかなさそうだ）起死回生のチャンスが回ってきたのだ。

（あの大穴馬券に賭ければわいは大金持ちになれる）

今までの惨めな生活から一気に抜けだせるのだ。容子との険悪な関係も改善されるだろう。はづきにも誕生日にスマホだろうが何だろうが高価なプレゼントを買ってやれる。

謙一は気《せ》が急いて電車の中でも息が荒くなった。最寄り駅に着くと、もどかしげに改札を抜け競馬場まで走った。

入り口に場違いな若い女性が立っている姿が目に入った。近づくと無量小路幽子だった。

「来たのね」

幽子は頬笑んだ。

「過去の自分にメールを送りたいんや。スマホの使いかたには詳しくないんやが、送れるか？」

幽子は頷いた。

「このスマホを使って」

幽子は自分の持っていたスマホを謙一に渡しメールの送り方を教えた。

「アドレスは自分の名前を漢字で書いてアットマーク、それから日付を算用数字で」

謙一は言われた通りにアドレスを打ちこみ、ここに来るまでに考えておいた文面も続けて打ちこんだ。

――わいは大迫謙一。未来のお前や。三年後のお前なんや。三年後のお前は競馬で金をすり悲惨な目に遭っている。家庭も崩壊寸前や。未来からのメールといっても信じられないだろうから、これから明日、日曜日の新潟《にいがた》競馬のレース結果を記す。それでこのメールが本物だと確認できたら、次にお前のやることは、来週の中央競馬の馬券を買うことや。

謙一は大穴馬券が出たレースの結果を記した。

——来週の阪神競馬、第8レース、大きな万馬券が発生する。三連単で1—2—3や。この馬券に一万円注ぎこめば五千万円が手に入る。いいか。何があってもこの馬券を買うんや。この馬券は万馬券になる。一万円買ったら五千万円になる。繰り返す。この馬券を絶対に買うんや。

謙一は書き終えると幽子を見た。幽子は頷く。その顔を見て謙一は決心して送信した。

「これで、わいの人生は変わる」

「だといいわね」

幽子は頬笑んだ。

*

妻とケンカをして謙一は家を飛びだした。

(くそ)

財布の中には最後の一万円札が入っている。

(わいに残ったのはこの万札だけや)

家を飛びだしたはいいが行く当てはなかった。

(飲みにでも行くか)

そう思った時スマホの着信音が鳴った。一通のメールが届いたのだ。送信者は〝大迫謙一〟とある。

(何じゃこりゃ)

イタズラかとも思ったが、とりあえず文面を確認する。


――わいは大迫謙一。未来のお前や。三年後のお前なんや。三年後のお前は競馬で金をすり悲惨な日に遭っている。家庭も崩壊寸前や。

やはりイタズラのようだ。謙一はメールを削除しようとする。だがディスプレイの下の方に〝馬券〟という文字が見えたような気がして、とりあえず読むだけは読むことにする。

――未来からのメールといっても信じられないだろうから、これから明日、日曜日の新潟競馬のレース結果を記す。それでこのメールが本物だと確認できたら、次にお前のやることは、来週の中央競馬の馬券を買うことや。来週の阪神競馬、第8レース、大きな万馬券が発生する。三連単で1―2―3や。この馬券に一万円注ぎこめば、五千万円が手に入る。

アホらしい、と思った。

(人気薄の馬ばかりやないけ)

だがこのメールが一笑に付すことのできぬ何か異様な迫力を発していることも感じる。

――まだこのメールが信じられないときのために、さらに証拠を出す。

メールには謙一が過去に一人で飲みに行った飲み屋の名前が記されていた。

(何で知ってるんや)

自分しか知らないことだ。

(新潟競馬の予想が当たっていたら信じてもええわ)

謙一はスマホをしまった。

*

翌週――。

謙一は阪神競馬場に来ていた。メールに記された新潟競馬の結果は、ことごとく当たっていた。自分しか知らない内容の文面と合わせると、あのメールは本物だと判断せざるをえない。だとすれば――

メールに書かれていた万馬券を買うしかないではないか。謙一は三階の指定席に陣取ると荷物を置いて窓口に向かった。馬券は券売機でも購入できたが謙一は窓口で係の女性から買うことにしたのだ。

「第8レース。三連単で1―2―3。一万円」

それを聞いていた隣の男が笑いながら謙一に声をかけてきた。

「おっさん、そんなアホみたいな馬券を買うのか」

謙一はその男をジロリと睨《にら》んだ。

「やめとき。来るわけあらへん。一万円、どぶに捨てるようなもんや」

「大きなお世話や」

男は謙一のことを鼻で笑った。謙一は気にせずメールで指示された馬券を買うと指定席に戻った。ここからならレース展開がよく判る。

心臓がドキドキと波打ってきた。いつもレースはある種の緊張を伴って見ているが今日は、その度合いが違う。異様なメールに指示されたレースでもあるし、また実際問題として謙一は、このレースに有り金をほとんど注ぎこんでしまった。これが外れれば人生、お先まっ暗となる。

(かまうか。もう買《こ》うてしもうたんや。それに、わいはあのメールを信じるで。未来の自分を信じるんや)

とは言っても常識的に考えれば当たるはずのない馬券だった。

ファンファーレが鳴って第8レースが始まった。謙一が買った1、2、3の馬は、いずれも馬群の最後方を走っていた。

(やっぱりダメか)

レースは、そのまま一番人気の馬が先頭を走り第四コーナー最後のカーブにさしかかった。

(あかん)

やっぱりガセネタだった。謙一は買ったばかりの馬券を破り捨てたい衝動に駆られた。

その時、先頭を走っていた一番人気の馬が転倒した。

「あ!」

謙一は、いや、周りの人間、レースを見ていたすべての人間が声を出したに違いない。

後続馬も次々に転倒、もしくは騎手が落馬していった。その脇を、後方を走っていたために被害に遭わなかった1、2、3番の馬が悠々と走りぬけた。

レースが終わった。三連単の結果は1―2―3という大穴だった。

(当たった)

信じられなかった。大穴が当たった。

確定の赤ランプがなかなかつかない。長い時間が流れる。ようやく赤ランプが点灯し謙一の持っている馬券が大金と換金できることが確定した。

(ありがとうよ、未来の自分)

謙一は心の底から笑いがこみあげてきた。

＊

謙一は無量小路幽子の横に立ちスマホの動画機能で大穴を当てた過去の自分を確認していた。

(やったぞ)

これで遊んで暮らせる。俺は負け犬から勝ち組になったんだ。酒を飲んで馬券を買って気ままな暮らしができるはずだ。

「お嬢さん、ありがとさん」

謙一はお礼を言った。

「お礼をする気があるのなら写真を撮らせて」

「わいのか?」

「そう」

「何で」

「あなたの顔を忘れたくないから」

「こんな、いかつい顔でもええのか」

幽子はニッコリ頷くとスマホで写真を撮った。

「そやけど、あんた何者や。どうしてここにいる」

「あんな事がなければ……」

「え?」

「ううん。なんでもない」

無量小路幽子は去っていった。

＊

大穴を当てた謙一は換金した大金をスポーツバッグに入れると銀行に急いだ。窓口で五千万円を預金する話をすると特別室に通された。ソファーに坐《すわ》ると案内の者は奥に下がり上司がやってくるまで待たされることになった。

スポーツバッグを足下に置きマガジンラックから新聞を取りだす。少し心臓がドキドキしている。新聞を開くと地域欄に子どもの写真が載っていた。

（あ）

甥の大地だった。小曽根夫婦は大地の渡米手術費用を捻出《ねんしゅつ》するために募金運動を始めたのだ。謙一は、その記事に見入った。わずか一段組の小さな記事だが目を離すことができなくなった。目標額は一億円で、まだ半分しか集まっていなかった。

（あと五千万……）

ドアが開いた。ニコニコとした白髪の男性が入ってきた。

「支店長の中村《なかむら》と申します」

男は深々と頭を下げた。

「この度は高額を当銀行にお預けくださるそうで真にありがとうございます」

もう一度頭を下げてから謙一の正面に坐った。

「ところで預金の方法ですが普通貯金では利率が低うございます。定期預金にしていただければ、お利息も有利かと存じますが」

謙一は返事をしない。

「大切なご預金ですから、ゆっくりとお考えになって」

「送金してください」

「は？」

「このバッグの中に五千万円あります。それを、ここに送金してほしいんです」

謙一は新聞記事を見せた。そこには大地の募金活動の振込先が記されていた。謙一がやってきた銀行とは別の銀行だった。

「まさか全額送金ではありませんよね？」

支店長の笑みが引きつっている。

「全額です。この子に手術させてやりたいんです」

支店長は言葉を失った。

＊

数年後、謙一は今でも、あのメールのことを思いだす。容子にもメールのことを言ったのだが見せようとしたら操作を誤ったのか削除されていた。それとも夢だったのだろうか？

「夢だとしたら、神様が見させてくれたのね」

容子はそう言って謙一に寄り添った。謙一が寄付した五千万円によって大地は渡米し手術を受けることができた。経過は順調だ。

五千万円は消えたが、いいことをしたという自負がそうさせたのか謙一は前ほど競馬にのめりこまなくなり仕事に精を出している。夫婦喧嘩も少なくなった。

「明日は、はづきの誕生日よ」

「プレゼントは買うてあるで」

「ありがとう。久し振りにファミレスで食事でもしようか」

「そりゃええ。はづきもよろこぶで」

なぜかは判らないが謙一は世の中が前よりほんの少しだけ良くなっているような気がした。

スマホの着信音が鳴った。メールが届いたのだ。一瞬、送信者が〝無量小路幽子〟と読めたが、よく見ると〝小曽根〟だった。

「啓嗣君からや。はづきの誕生日、おめでとうやと」

「もしよかったら大地君も誘おうか」

「そうやな」

謙一は頰笑むとスマホをしまった。

第四話　夢をあきらめて

奥村望《おくむらのぞみ》がフォークギターをかき鳴らして路上ライブを敢行していると「つまんねえ歌」と大きな声で男が言った。

奥村望はギターを弾く手を止めた。男を睨《にら》みつける。望を十数人の観客が息を呑《の》んで取り巻いている。若い女性が中心だがカップルも数組いる。

「わたし、この人の歌、好きなのに」

「里奈……」

いつも聴きに来てくれる大学生らしきカップルだ。

「一条君だって好きでしょ?」

カノジョの言葉にカレシは曖昧《あいまい》に頷《うなず》いている。

(俺《おれ》の歌、好きになってくれる人だっているんだ)

望は今年、三十五歳になった。プロのミュージシャンになることが夢で、そのためにコンビニでアルバイトをしながら生活し夜は路上でライブ活動を行っている。額の真ん中で分けたストレートの髪の毛は肩先まで伸びている。顔だけはミスチルの桜井《さくらい》さんに似ていると言われたことがあるが自作の歌のデータをレコード会社に送っても返事があった例《ため》しがない。

「どうした。つまんねえから、つまんねえって言ったんだよ。文句あるのか」

望を罵倒《ばとう》したのはスーツを着たサラリーマンふうの男だった。デップリと太って歳《とし》は、おそらく望とそう変わらないだろうが痩《や》せて小柄な望とは体格の面で圧倒的な差があった。

男は薄ら笑いを浮かべて望を見ている。

「お前に歌のことなんか判《わか》るか」

望の声は少し震えている。

「判るさ。お前の歌はつまらない。いくら足掻《あが》いてもプロにはなれないな」

「なれるさ。もう少しなんだ」

「お前には才能がないよ」

「ふざけるな！」

望はギターをギターケースの上に投げ捨てると男に殴りかかった。望を取り巻いていた観客の若い女性たちが悲鳴をあげる。望の繰りだしたパンチが男の顎《あご》をかすめた。

「この野郎」

男は望の軀《からだ》を両手でガッチリと摑《つか》んだ。そのまま路上に叩《たた》きつける。望はすぐに立ちあがり男に組みついていった。

「やめて！」

観客の中で、とびきり美人だった若い女性が叫ぶ。

「もうやめて望」

望は声の方を向いた。

「あかり……」

女は望のカノジョである久保田《くぼた》あかりだった。あかりは目に涙をいっぱい溜《た》めて望を見つめている。力の抜けた望を男は振りほどいた。

「俺はな、スカイミューズのプロデューサーだ」

「え？」

スカイミューズとは日本最大手のレーベルだった。レーベルとはＣＤの企画、制作、販売をするブランドや企業のことである。

望も、そしてあかりも驚いた顔で男に目を遣《や》る。男はネクタイの乱れを直しながら言う。

「その俺が言うんだから間違いない。君の歌は売れない。プロのレベルじゃないよ」

「スカイミューズの……」

望が呆《ほう》けたように呟《つぶや》く。男は踵《きびす》を返すと駅に向かって去っていった。

＊

望は自宅アパートの畳の上で久保田あかりと膝《ひざ》を突きあわせて坐《すわ》っていた。

「別れましょう」

あかりが言った。

「どうしてだよ」

「どうしてですって？」

あかりが呆《あき》れたように言う。

「このままじゃ結婚できないでしょ。収入がないんだから」

「だから売れたら結婚しようって言ってるだろ」

「十年前から、そう言ってるわ」

望は返事ができない。

「十年前は望も若かった。希望があったわ。でも十年経《た》っても一向にデビューできる気配がない。遂にプロの人から〝デビューできない〟って駄目を押されたわ」

レーベルと契約して作品を発表することをデビューという。大手のレーベルからデビューすることをメジャーデビュー、大手以外のレーベルからデビューすることをインディーズデビューというが望はそのどちらも果たしていない。

「あいつがプロデューサーだなんて本当かどうか判らない」

「嘘《うそ》でも本当でも望が三十五歳になってもデビューできていないことだけは本当だわ」

「だから」

「今にデビューできるっていう言葉は聞き飽きた。もう三十五歳よ？　それで未《いま》だにアルバイト暮らし。あたしだって、もうすぐ三十に手が届くわ」

「悪いと思っている」

「今ならまだ間に合う」

「え？」

「わたしのことよ。三十になる前に、きちんと定職に就いている人と知りあって普通に結婚するわ」

「あかり」

望の声は震えている。

「さよなら」

あかりは立ちあがると望の部屋を出ていった。

＊

望は音楽仲間の近間《ちかま》岳史《たけし》と一緒に《ツアーレコード》という渋谷のＣＤショップをうろ

ついていた。店内には女子高生や大学生らしき若い客らが多くいた。

近間は三十二歳。大柄だが平たい顔は温和で、いつもにこやかに笑みを浮かべている。だが金を貸してもなかなか返さないなど、どこかルーズな面も持ちあわせていた。

「早く俺たちもCD出せるといいなあ」

「あ、ああ」

近間の言葉に望は気のない返事をした。あかりが出ていったことを望はまだ近間に言えないでいた。近間は望と一緒に夢を追いかけていたがチャッカリ小さな会社に就職をして仕事を終えた後に音楽活動をしていた。近間はメタリカなどのヘヴィーメタル系を好んで聴く。二人は互いの路上ライブを動画に撮ってネットにアップしていた。動画の再生回数が増えればレーベルに売りこむときに有利になると思うからだ。再生回数が飛躍的に伸びればレーベルの方から連絡を取ってくるかもしれない。だが再生回数は伸びずレーベルから連絡が来ることもなかった。CDが売れない時勢でレーベル側も新人を発掘するにしても動画再生回数や単独ライブの動員数などの実績を重視する傾向が強まっていた。

「これなんか、あかりちゃんが好きそうだな」

近間は地道にファンを摑んでいる女性シンガーのCDを棚から摘《つま》みあげた。望とあかりとでは歌の好みが微妙に違っていた。望がメッセージ性の強い、どちらかというとメロディーラインよりも歌詞の伝達を重視した歌を好むのに対し、あかりは、さして意味のない歌詞でもメロディーラインが軽やかな歌を好んだ。

「がんばろうな、望」

近間の言葉に望は力無く頷いた。

＊

今日、望は路上ライブを行わなかった。昼過ぎに目が覚めて、いつも通りに路上ライブに行こうとギターを抱えて街に出たが、どうしてもやる気が起きなくて繁華街の中にある公園のベンチに坐って、ぼんやりと煙草《タバコ》を吹かしていた。

(俺が今までやってきたことは何だったんだ)

若い頃《ころ》はプロのミュージシャンを目指して希望に燃えていた。二十代の頃は頭の中に曲がどんどん湧《わ》いてきた。路上ライブにも勢いがあった。

だけど……。いつまで経ってもデビューできない。今では路上ライブも半ば惰性でやっているようなものだ。今までやってきたから今日もやる。デビューを目指してはいるが本気なのかどうか、それも怪しくなってきた。挙句にプロデューサーと名乗る男から才能がないと断定された。

そして……。長年つきあい同じアパートに一緒に住んでいた、将来はおそらく結婚することになるだろうと思っていた久保田あかりも部屋を出ていった。

(どうすりゃいいんだ)

望は頭を抱えた。

才能がない。それは、もはや確かなことに思えた。認めたくない。でも現実だ。三十五歳になってもデビューできない事実がそれを残酷に告げている。

(若い頃なら、まだ、なんとかなったかもしれないけど、この歳になったらもうダメだ)

若い連中の感覚とは確実にズレがある。そのことに望は心のどこかで気づいていた。でもそれを認めたくなかっただけなのだ。

「ようやく判ったのね」

若い女性の声がして望はギョッとした。それがまるで自分に向かって発せられた言葉のように思えたからだ。

望は顔をあげた。可愛《かわい》らしい女性が望を見つめている。綺麗《きれい》な卵形の輪郭をした顔に円《つぶ》らな瞳《ひとみ》が輝いている。だが見覚えがない。

「ファンのかたですか?」

望は思わず訊《き》いていた。女性は噴きだした。路上ライブを見てくれた人かと思ったのだ。だが、そうではなかったようだ。

「ごめんなさい」

女性は真顔になって謝った。そして躊躇《ためら》うことなく望の隣に坐った。

「誰《だれ》ですか？」

「無量小路幽子」

「え？」

幽子は自分の名前を説明した。

「俺のことを知っているの？」

幽子は頷いた。

「どうして」

「過去の自分に一度だけメールを送れるわ」

幽子は望の問いかけを無視して勝手に話をした。幽子の言っていることは荒唐無稽《こうとうむけい》だった。過去の自分にメールが送れる。そんな事があるわけがなかった。

（おかしな女だ。こんなに綺麗な顔をしているのに）

同情はしたが関《かか》わりあいになりたくなくて望は立ちあがった。幽子から逃げようとしたのだ。そのとき望のスマホの着信音が鳴った。ポケットからスマホを取りだすと一件のメールが届いていた。送信者の名前を見ると〝無量小路幽子〟となっている。

「これは……」

「嘘じゃないって言ったでしょ」

「でも」

望はメールを開いた。そこには次のような文面が記されていた。

――音楽プロデューサーから才能がないと言われ久保田あかりさんも去っていった。そして公園で、あたしに出会いファンのかたですか……と尋ねた。

望は顔をあげ幽子を見た。幽子は頰笑《ほほえ》んでいる。だが、その笑みが今は恐ろしいものに思える。

「どうして知ってるんだ」

「それは未来のあたしが送ったメールだわ。言ったでしょ。過去にメールを送れるって」

「そんなことが」

「そのメールが証拠よ。あたしも未来の自分からメールを受け取ってこの公園に来たの。だから、あなたのことを知っているのよ」

望はメールと幽子を見比べた。本当のことでなければ、この女性がさっきの会話のことまで知っているわけがない。信じられないが、そういうことなのだろう。

「現実から目を逸《そ》らしちゃダメ。現実を直視して。あなたは今まで常に現実から目を逸らして生きてきたのよ」

現実……。才能がないという現実。望は反論できなかった。

「メールには、まだ続きがあるわ」

望はメールを見た。


——過去の自分に一度だけメールを送れるとしたら、あなたはいつの自分に、どのようなメールを送りますか？


望はディスプレイから目を離すことができずにいた。幽子は構わずに過去の自分にメールを送る方法を伝授した。望はようやくスマホから目を離した。

「どうして俺にそんな事をしてくれるんだ」

「あなたの顔写真を撮らせてほしいの」

「俺の？」

幽子は頷いた。

「どうして」

「どうしても」

幽子は頰笑んだ。

「明日の同じ時間、またここに来るわ。その時までに、いつの自分に、どんなメールを送るか、考えておいて」

そう言うと幽子は立ちあがり去っていった。

＊

現実を直視しろ。望は幽子に言われた言葉の意味を嚙《か》みしめた。

（俺は、このままじゃ人生の負け犬だ）

三十五歳にもなって定職にも就かずギターをかき鳴らす毎日。同級生は会社に入り部下を持つ身になっている。結婚して子どもが生まれた友だちも多い。

（それに比べて俺は……）

望は決心して幽子から指示された待ちあわせ場所に赴き幽子と会った。幽子は望の顔写真を撮るとスマホを望に渡した。

「君は、どうしてこんな事をしてるんだ?」

スマホを手にして望は訊いた。

「もといた世界を探しているのよ」

「もといた世界?」

「あなたは知らなくてもいいわ。さあ、アドレスを打ちこんで」

幽子に教えてもらったアドレスを打ちこむ。続いて本文を打ちこんでゆく。

——これはタイムメールだ。いいか。これは本当のことだ。俺は六年後のお前だ。

望は二十九歳の自分にメールを送ることにした。

——今ならまだ間に合う。夢をあきらめるんだ。

そう打ちこんで望は大きな溜息《ためいき》をついた。

(これでいいのか？)

だが、すでに結論は出ている。昨日、何度も考えて得た結論だ。夢をあきらめることが一番いい。それは間違いない。だけど希望に燃えている若い頃の自分にその事を告げても聞く耳を持たないだろう。かといって去年の自分、三十四歳の自分に送ったところで負け犬人生が変わるわけでもない。三十五歳で夢をあきらめても三十四歳であきらめても大差はないのだ。

(ギリギリ二十代なら、まだやり直せる)

そして二十九歳なら、二十九歳にもなってデビューできていない自分なら〝夢をあきらめろ〟という未来の自分の忠告に耳を傾けるかもしれない。

――証拠を見せる。お前は小学生の頃、教室の金魚に餌《えさ》をやりすぎて殺してしまったことがあったな。どうして金魚が死んだのか、それはお前しか知らないことだ。

そしてもう一つ証拠をつけ足す。小学四年生で奨励会に入った藤井《ふじい》聡太《そうた》という少年の明日の対局の棋譜を記す。

奥村望は将棋が好きでタイトル戦などの棋譜は確認する方だから判ってくれるはずだ。

望はさらに続きを打ちこむ。

――棋譜が合っていると確認できたら、このメールが真実だと認めて未来の自分自身の忠告に従え。夢をあきらめるんだ。さもないとお前は三十五歳になってもデビューできず、あかりまで失うことになる。

最後に、このメールは誰にも見せるなと念押しして送信した。

「これで俺の人生が変わるのか？」

「きっと変わるわ」

「今の俺はどうなる?」

「だんだんと消滅する。そして新しい人生が、あなたのただ一つの人生になる」

「それを俺は見れるのか?」

「見れるわ。自分のスマホの動画機能を使って」

「そんなことが……」

「自分の人生がどう変わったのか、見てみるといいわ」

望はスマホのディスプレイを見つめた。まだ何も映っていない。

「今度はCDショップで会いましょう。あなたがいつも寄る店」

顔をあげると、すでに幽子は消えていた。

*

路上ライブが終わってギターケースにギターをしまい帰り支度をしているときにメールの着信音が鳴った。送信者は〝奥村望〟となっている。

(なんだこれ)

望はメールの文面を確認する。

――これはタイムメールだ。いいか。これは本当のことだ。俺は六年後のお前だ。今ならまだ間に合う。夢をあきらめるんだ。

狐《きつね》に摘まれたような心持ちがした。イタズラだとは思ったが、それにしても妙なイタズラだ。それとも新手の宗教勧誘だろうか。すぐに削除してしまおうとも思ったが、なんとなく気になって最後まで読んでしまった。

そこにはあまりにも不思議なことが書かれていた。削除してしまいたいがイタズラにしては自分しか知らない小学生の頃の金魚のことが書かれている。

（まさか本当に未来の俺が？）

そんなはずはない。だが不思議なメールであることは確かだ。藤井聡太という名前は天才将棋少年としてマスコミに登場したこともあるので将棋好きの望は知っていた。望は削除しないで、とりあえず明日の対局を確認してみようと思った。

＊

翌日――。

未来の自分自身が送信したというメールに書かれていた予言――藤井聡太少年の対局に

おける棋譜は現実のものとなった。望は空恐ろしい思いに駆られた。だが事実は事実だ。

（このメールは本物だ）

スマホを持つ手が震えた。信じられないことだが自分しか知らないことと正確な予言が記されていたことを考え合わせれば本物としか思えない。

（だとしたら……）

自分は三十五歳になってもデビューできず底辺の人生を送ることになる。

（ふざけるな！）

望の心に怒りが湧きあがった。望はすぐにあかりに電話をして呼びだした。メールのことを笑い話にしてしまおう。夢をあきらめるなんて、そんな事ができるわけがない。メールは本物っぽいが他人に見せればすぐにカラクリを見破ってくれるはずだ。そうだ。あかりならメールがニセモノだと看破してくれる。

いつもの喫茶店であかりと会ってメールを見せようとした。だがメールが見つからない。

「どうしたの？」

「ない」

メールは消えていた。

「やあねえ。からかってるの？」

「ちがう」

望はスマホの隅から隅まで探したが、やはり例のメールは見つからなかった。

「ウイルスかもしれないわよ」

「え？」

「スパムメールが送られてきて、すぐに消えちゃうようなウイルス。ケータイショップでみてもらった方がいいんじゃない？」

望は力無く頷いた。

「どんな内容だったの？」

望はできるだけ正確にメールの内容をあかりに伝えた。

「不思議ね」

あかりも首を捻《ひね》っている。

「でも、夢をあきらめるって話、真剣に考えた方がいいかも」

「あかり」

「なんてね。ウソウソ。わたしは望の才能を信じてるから。『虹《にじ》のかけら』なんて本当にいい歌」

「あれはダメだよ。なってない」

自分が作ったのだが、まったく評価していない歌。それを素人のあかりはいい歌だと思いこんでいる。だが、あかりの輝くような笑顔を見て望は、この子を不幸にしてはいけないと強く思った。

＊

ケータイショップで見てもらったがスマホに異常は見つからなかった。望は覚えているメールの文面について考え続けた。

(もしかしたらタイムメールは本物かもしれない)

そう思い始めていた。だが本物だとしても夢をあきらめるなんて考えられなかった。

(一年だけ本気でやってみよう)

望はそう決意した。

(一年経てば俺は三十歳になる。三十歳になってもデビューできなかったら、そのときはスッパリと夢をあきらめよう)

そして定職に就いてあかりと結婚する。未来の自分からの忠告との、それが折衷案だった。

＊

一年と区切ってみると、あまりにも時間がないことが判った。だが一度決めたことは決めたことだ。望は現実的な対応策を考え始めた。今まで路上で歌っていた歌を聴いてみる。

(これじゃダメだ)

制限時間を一年と区切って改めて聴いてみると望は自分の歌がプロのレベルに達していないことに初めて気がついた。

(俺は、こんな歌でデビューしようとしていたのか)

デビューできるはずがない。そのことを痛感した。

(俺は甘かった)

路上でライブ活動をしていれば、とりあえず夢を追っているポーズは作れる。あかりにも自分にも道行く人にも言い訳が立つ。そういう事だったのだ。

望の胸に秋風のような冷たさを伴った風が吹きすぎた。

(だけど……)

自分には才能がある。その思いは捨てきれなかった。望は過去の音源を探しだした。初期の頃の作品。そうだ。いい歌がたくさんあるじゃないか。

(俺には才能がある)

少なくとも今このとき才能がないと見切るのは早すぎる。まだ一年あるのだ。

望は自分の歌を書き留めた楽譜を全部畳の上に並べて出来がいいと思える歌とそうは思

えない歌に分け始めた。

＊

時間が足りなかった。望は熟考した末に一年間でできることをレポート用紙に書きだした。レーベルに送る曲と新人オーディションに出場できる数。

望は一年間のスケジュールを立てると、それぞれのレーベルに相応《ふさわ》しい歌を割り振った。

「最近の望、なんだか元気があるわ」

望はあかりに、あと一年でデビューできなかったら夢をあきらめる決意であることを告げていた。

「夢をあきらめるにしても、やるだけのことはやってみなくちゃね。それでダメなら、あきらめもつくもんね」

そう言うあかりは、うれしいような淋《さび》しいような複雑な顔をしていた。望が夢をあきらめて定職に就き自分と結婚する可能性が高まってきたことにホッとしているのかもしれない。

＊

すべてが空振りだった。送った曲はすべて無視されオーディションにもすべて落ちた。

(やっぱり俺には才能がなかったのか)

信じたくなかった。でも、それでいいのかもしれない。あかりという美人のカノジョがいる。

「あかり。俺は来月、三十歳になる。そしたら結婚しよう」

「ごめんなさい」

あかりは頭を下げた。

「どうした?」

あかりは困ったような顔をしている。

「まさか、俺とは結婚できないっていうのか?」

あかりは答えない。

「どうなんだ?」

「内緒で望の曲、スカイミューズのオーディションに送っちゃった」

「え?」

「『虹のかけら』。あたしのいちばん好きな歌よ。だって望が本当にがんばっていたから、なんとかしてあげたくて」

「あのオーディションは無理だよ。日本で一番レベルが高い。それに『虹のかけら』なんて」

「受かったよ。一次」

「え？」

「一次に受かったの。通知が来たわ」

あかりが差しだしたのは一枚の合格通知だった。

「これは……」

「おめでとう」

二人は見つめあった。そして抱きあった。

「あの歌、ぜったいウケるよ。だって本当にいい歌だもん」

二次予選は会場での生演奏だ。

(絶対に、このチャンスをものにする)

望は強く思った。

＊

ＣＤショップで幽子と会った。スマホの動画機能で一次予選に通った五年前の自分を見て望は信じられない思いだった。

「あれに通ったんだ」

「あなたには才能があったのかもね」

「教えてくれ。この先どうなる？」

望の意識が薄れ始めている。

「俺は、まだ一次を通っただけだ。二次は、最終予選は通るのか？」

「あなたが自分で自分の人生を変えたのよ。だから今の人生は消滅するわ」

幽子がそう言っている途中で世界が揺らぎ始めた。空間が大きく揺らいだ次の瞬間、望の軀が消えていた。周りの者たちはその変化に気づかず、いつも通りにＣＤを選んでいる。

「あ、新曲出たんだ」

女子高生らしき女性が一枚のＣＤを棚から選び取った。

「あたし、もう買ったよ。奥村望の新曲。デビュー曲の『虹のかけら』も買ってあるし」

「新曲はどうだった？」

「いいよ。とっても。『タイムメール』って曲。ちょっと不思議な曲だけど」

「今度、聴かせてくれる？」

「うん」

無量小路幽子は笑みを浮かべてＣＤショップを後にした。

第五話　幸せになる方法

閉店時間が近づいたデパートの屋上に人影はまばらだった。

福岡《ふくおか》市は七時を過ぎてもまだ明るかったが小さな子どもたちは母親に連れられて名残惜しそうに屋上遊園地を去っていった。

吉田《よしだ》まゆみは軽食を売る売店の前の椅子《いす》に一人で坐《すわ》っていた。ソフトクリームを舐《な》めるわけでもない。ただボウッと坐っていたのだ。

(中学生の頃《ころ》に戻りたい)

溜息《ためいき》も出なかった。

(わたしには溜息を聞かせる相手もいない)

吉田まゆみは十年前に思いを馳《は》せた。まゆみは中学生のころ同級生から告白されたことがあるのだ。皿嶋隆《さらじまたかし》といって、まゆみよりも背が低い男子だった。

皿嶋隆とは妙な因縁があった。まゆみは地元の大学を卒業して中堅の航空会社の広報部門に就職したのだが皿嶋隆も同じ会社の同じ部署に入ったのだ。

まゆみはキャビンアテンダントやパイロットに憧《あこが》れて航空会社を就職先に選んだのだが、

そこで皿嶋と再会するとは思わなかった。

（そういえば皿嶋君は中学生の頃からリンドバーグに憧れていたって言ってたっけ）

リンドバーグとは世界で初めて大西洋単独無着陸飛行に成功したアメリカの飛行機乗りである。

再会したときには笑ってしまった。背が低く顔はゴツゴツとして目玉がギョロリと大きい皿嶋は見ただけで、なんとなくおかしみが湧《わ》いてくるのだ。

皿嶋隆は、まゆみとの再会をよろこんだ。皿嶋は、まゆみに告白した中学生の時の気持ちを抱き続けていたのだ。皿嶋は再びまゆみに交際を申しこんだ。まゆみは大学を卒業して大人になったからといって皿嶋に対して恋愛感情は起こらなかった。だから皿嶋の申しこみを瞬時に断った。

代わりにまゆみの心を捉《とら》えたのは、やはり同じ部署にいた会社の先輩の沢健太郎《さわけんたろう》だった。沢健太郎は長身で、どこから見ても非の打ち所のないイケメンだった。沢は事務職として入社したがパイロットを目指していて社内のパイロット養成コース訓練生になるべく勉強を続けていた。

まゆみは沢に一目惚《ひとめぼ》れした。幸いなことに沢は独身だった。

——どうして、こんないい男が売れ残っていたんだろう。

まゆみは、その偶然に感謝した。だが当然のように、まゆみにはライバルがいた。まゆみの一年先輩の女子社員、沼本英子《ぬまもとえいこ》が沢のことを好きらしいのだ。

沼本英子は背の高いまゆみと違って小柄な女性だった。だが愛くるしい目と真面目《まじめ》そうな言動は男性たちの心に訴えるのに充分だった。

（モタモタしてたら沢さんは沼本さんに持っていかれる）

焦ったまゆみは強硬手段に出た。といっても自分から沢を映画に誘うというだけだが、それでも女性の方から男性を誘うのは勇気がいった。

結果……。めでたく、まゆみと沢はつきあうことになった。奥手だった沼本英子が沢に対して行動を起こさなかったという幸運にも感謝した。沢とまゆみが広報部にいて英子は企画部にいたという所属配置もまゆみに有利に働いたかもしれない。

つきあい始めて一年後、沢とまゆみは結婚した。結婚と同時に会社を寿退社して専業主婦となったまゆみは幸せの絶頂に登りつめた。

そこまでは順調だった。だが……。

「何を悩んでいるの？」

とつぜん声をかけられた。顔をあげると見ず知らずの若い女性が立っていた。卵形のツルンとした顔をした綺麗《きれい》で可愛《かわい》らしい女性だ。

「いえ」

好感の持てる外見だが見知らぬ人間にいきなり話しかけてくるのは奇異な感じがして、まゆみは女性から逃れようとした。

「ご主人のことね」

まゆみは浮かしかけた腰を下ろしていた。図星を指されたからだ。でもそれは、まゆみの風体と顔を見ていれば察しがつくことだろう。地味な服装をしているから主婦だと見当がつく。浮かない顔をしていれば夫婦関係に悩みを抱えていることは容易に想像がつくというものだ。

「過去の自分に一度だけメールを送れるわ」

「え?」

思わず訊《き》き返した。訊き返してから〝しまった〟と思った。なるべく、この女性と関《かか》わりあいにならない方がいい。女性の言った言葉があまりにも突飛すぎて理解しづらいが、この女性は、たしかに〝過去の自分にメールが送れる〟と言ったのだ。おかしな人に違いない。まゆみは今度こそ立ちあがった。

「その結婚、思いとどまらせる事が、できるかもしれないわよ」

立ち去ろうとしたところでスマホの着信音が鳴った。反射的にバッグからスマホを出して確認する。メールが届いている。送信者は〝無量小路幽子〟とある。

(誰《だれ》これ？)

内容を確認する。

――過去の自分に一度だけメールが送れるとしたら、あなたはいつの自分に、どのようなメールを送りますか？


まゆみは、しばらく文面を凝視した。そしてゆっくりと傍らの女性に目をやった。

「あたしが無量小路幽子よ」

まゆみは怖くなった。

「どうして、わたしのアドレスを……」

「未来のあたしが過去のあたしに向かってメールをくれたの。だから判《わか》ったのよ」

女性の言っていることは相変わらずわけが判らなかった。だが少なくとも、ただのおかしい女ではなさそうだ。

(わたしのアドレスを知っているのだから)

無量小路幽子と名乗った女性は頰笑《ほほえ》んでいる。

「まゆみさん。あなたは男に頼りすぎよ」

「え？」

「まず自分一人で幸せに暮らすことを考えないと」

「余計なお世話よ」

失礼な女だ。

「人にはその人に合った方法があるのよ」

「それもそうね」

無量小路幽子はまゆみの考えに納得したようだ。

「いずれにしても運命を変える必要があるわ。明日の夜、もう一度メールを送る。そのメールを見て、あたしの言っていることが信じられたら、もう一度この屋上に来て」

そう言うと無量小路幽子は立ち尽くすまゆみを残してサッサと歩いていった。

＊

夜の十時過ぎ一人で夕飯を食べながらテレビでお笑い番組を観《み》ている。九時まで夫の帰りを待ったが帰ってこなかったので食べ始めたのだ。食べ終わったとき夫が帰ってきた。

「また、こんなくだらないものを観てるのか」

どういうわけか夫はお笑い番組が嫌いだった。

「低俗だな」

夫の言葉が毎日、自分を責めているように感じられる。

健太郎は結婚した途端に輝きを失った。パイロットの自社訓練生にもなれなかった。社内での健太郎の評価も芳しくなく、それで健太郎自身、不機嫌になることが多いのかもしれない。

毎日が楽しくなかった。結婚生活は、もっともっと楽しいものだと思っていたのに。

(こんな人と結婚しなければよかった)

まゆみは心の底から後悔していた。

「メシ」

「食べてないんですか?」

「食べてきた方が良かったのか?」

「いえ、そんな」

夫に口答えは許されない。口答えをすれば夫の機嫌がますます悪くなり家の中は険悪な雰囲気になる。まゆみは冷蔵庫からアジの干物を取りだして電子レンジで温めた。

「魚か」

夫は舌打ちをした。

「肉ばかりだと軀《からだ》に悪いと思って」

夫は返事をしなかった。夫は、そのまま魚の載った皿を冷蔵庫にしまった。

「あなた」

「湯を沸かしてくれ。カップラーメンを食べる」

立ちあがるのも億劫《おっくう》だと思ったが、まゆみはゆっくりと立ちあがり、やかんに水を入れてガスレンジにかけた。

食事中、夫は一言も口を利かなかった。

（別れたい）

だけどもう若いときの貴重な青春時代を夫との生活に捧《ささ》げてしまっている。

（青春を取り戻したい）

まゆみは切実にそう思った。思えば沢に会った途端に一目惚れし、まゆみの方から熱烈にアタックをしたのだ。その甲斐《かい》あって二人は結ばれた。

（それが……）

健太郎は横暴になった。

（あの時わたしより早く沼本英子が健太郎にアタックしていれば）

こんな事にはならなかったのだ。

（健太郎が、もっとわたしを優しく、いいえ、せめて普通に扱ってくれたら）

一方まゆみに振られた皿嶋は振られたことで発憤し仕事に精を出して結果を出し独立して会社を興した。コンピュータを利用したヴァーチャル葬儀を執り行う葬儀会社で皿嶋は大成功を収めている。

(あのとき皿嶋君の申し出を受けていたら……。皿嶋君が、もっと本気でわたしにアタックしてくれていたら)

健太郎はカップラーメンを食べ終わり風呂《ふろ》に入っている。メールの着信音が鳴った。まゆみは、すぐに送信者を確認する。

——無量小路幽子

昨日の女は、またメールを寄越《よこ》した。好奇心に駆られて、まゆみは文面を確認する。そこには九州地方各地と沖縄の明日の気温が細かく記されていた。

(こんなメールを寄越して、あの女、どういうつもりかしら)

福岡、佐賀、長崎、大分《おおいた》、熊本《くまもと》、宮崎、鹿児島《かごしま》、沖縄の各県庁所在地の気温が記されているのだ。

(当たるわけがない)

だが二日経《た》って新聞の地方欄で九州地方各地と沖縄の気温を確認して、まゆみは蒼《あお》ざめた。すべての気温が寸分違《たが》わずメールで予告された通りだったのだ。

(こんなことって……)

まゆみは呆然《ぼうぜん》とした。

（このメールは本物だ）

間違いない。一か所か二か所だったら予測が当たる事もあるかもしれないが八つの地区がすべてピタリと当たっているのだ。結果を知っていたとしか考えられない。

（だとしたら、わたしは過去の自分にメールを送れる）

いつの自分に、どういうメールを送るか、まゆみは決めていた。

＊

まゆみの胸は高鳴った。

（こんなにドキドキした気持ちになるのは何年ぶりだろう）

まゆみは壁に背中を押しつけて目をキラキラさせていた。

これから沢健太郎に告白するのだ。といっても、もう中学生や高校生ではなく社会人なのだから告白にも大人としてのさりげなさが要求される。

――映画の券が二枚あるんですけど一緒に行きませんか？

まゆみはそんな誘い文句を考えていた。

（やっぱり高校生っぽいかな）

そうは思ったが他に方法を考えつかなかった。偶然、手に入ったチケットという設定だが、もちろん、まゆみが、わざわざ買ったものだ。

廊下の角に沢の姿が現れた。まゆみは沢に向かって歩きだそうとした。そのときスマホの着信音が鳴った。

（もう、こんなときに）

まゆみはマナーモードにしておかなかったことを後悔した。送信者を見ると〝吉田まゆみ〟とある。自分の名前だ。

（何これ？）

妙なメールだったので中身を確認したい誘惑に駆られて文面を読んだ。


――わたしは三年後のあなた。自分自身よ。


（は？）

やっぱり変なメールだ。

「何してるの？」

沢に話しかけられた。

「いや、その」

まゆみは慌ててしまい思っていたことが口にできない。まゆみの慌てぶりに沢は笑いながら通り過ぎていった。

（ひどい。このメールのせいで）

まゆみは怒りに燃えながらメールの続きを確認する。

――あなたは、これから沢健太郎を映画に誘おうとしているわね。

（え？）

当たっている。どうして判ったのだろう？

――その告白。やめなきゃダメ。

どういう事だろう。まゆみはさらに続きを読む。

――あなたは沢健太郎とつきあうことになる。そして結婚する。

それが本当なら万々歳ではないか。

――でも、それが間違いの元だった。あなたは沢健太郎と結婚して不幸になる。

意味が判らない。

――沢健太郎は、あなたをバカにし日々の暮らしは虚《むな》しさで満ちる。あなたは沢と結婚したことを心から後悔している。やり直すなら今しかない。結婚相手には沢でない、他の真面目な男を選ぶこと。

まゆみは、そのメールを一笑に付すしかないと思った。削除ボタンに手をかけそうになって思いとどまる。

(ただのイタズラにしては、わたしが沢さんを映画に誘おうとしていることを知っていた)

何かカラクリがあるのだろうけど、そのカラクリを知らないままでは気持ちが悪い。まゆみはその場でメールの続きに目を通した。

――わたしが未来のあなただという証拠を見せるわ。

証拠？

――自分自身しか知らないことを書く。つまり、そのことをわたしが知っていれば、このメールの送信者は自分自身だということになる。

いったい何を言い出すのだろう。

――事実その一。あなたは定期的に宝くじを買っている。

当たった。このメールは、わたしの習慣を言い当てた。でも宝くじを買っていることは友だちなら知っている。

――事実その二。今まで当たった中での最高額は一万円。

これも当たった。でも、これも友だちに話したかもしれない。

――事実その三。あなたは宝くじを買う時、8の番号を中心に選んでいる。

ドキッとした。8は漢字で書けば八。これは末広がりといって上が狭く末が広がっている形だ。行く末が広がり運が開けるの意に通じている。つまり縁起がいいから、まゆみは末尾に8がつく番号や8がつく組の番号を中心に選んで買っているのだ。そしてこのことは誰にも話していない。

(どうして知っているの?)

まゆみは怖くなった。

――そして、あなたは明日、念願だった888の番号が買える。

躯が震えてきた。今まで8が三つ並んだ番号は買えたことがなく、そういう番号を買いたいと、いつも願っていたのだ。そしてこの密《ひそ》かな願いは自分以外、誰も知らないはずだ。

(このメール、本物なの?)

明日、実際に宝くじを買ってみよう。そして本当に888の番号が買えたら信じるしかない。まゆみはそう思い定めた。

＊

メールに書かれていることは本当に起きた。まゆみは念のために、いつも買う場所とは離れた場所で宝くじを買った。いつもは博多《はかた》駅の駅前で買うのだが今回は電車で一時間近くかかる佐賀まで、わざわざ行って買ったのだ。その場所を選んだのは、その日の気分だった。誰かが事前に知ることはできない。小倉《こくら》にするか天神《てんじん》にするか直前まで迷ったのだ。佐賀に決めたのは博多駅に着いてからだった。佐賀へ行き「8のつく番号ありますか？」と訊いたら888の番号のものがあったのだ。誰かが細工をすることなど絶対にできない。

（あのメールは信じられる）

そしてメールに書かれていた忠告のことも信じられる。自分の幸せのことを、いちばん考えている自分からの忠告なのだ。きっと未来では沢健太郎と結婚した自分は悲惨な目に遭っているのだろう。

まゆみは自分の人生計画を軌道修正した。

（沢健太郎とは結婚しない）

そう決めた。皮肉なもので、そう決めた直後に沢から交際を申しこまれた。だが、まゆみの心は動じなかった。

（沢さんよりも自分を信じる）

まゆみは自分の幸せには貪欲《どんよく》だった。まゆみは沢の申しこみをキッパリと断った。

（では誰を次のターゲットに定めるか？）

しばらく熟考した末、まゆみが新たにターゲットにしたのが皿嶋隆だった。皿嶋は交際の申し出をまゆみに断られたことで発憤したのか仕事に精を出し、その後メキメキと頭角を現し今では独立して事業を軌道に乗せつつある。そんな皿嶋を陰から支えたのが先輩の沼本英子だった。

沼本英子は沢健太郎に脈がないと判るとチャッカリとターゲットを皿嶋に絞った。その狙《ねら》いは当たったといえる。まだ結婚はしていないし、つきあっているといえるかどうか判らないほどの淡いつきあいだが、とりあえず皿嶋に〝唾《つば》をつけた〟とはいえる状態のようだ。

沼本英子は二十五歳。小柄で目がクリッとした可愛らしい女性だった。だが背が高くてスラリとした美人だと自他共に認めるまゆみと比べたら見劣りがするとまゆみは思っていた。

（成功への道を歩んでいる皿嶋君を、あんな英子に取られてたまるものですか）

まゆみは皿嶋に電話をして喫茶店に呼びだした。皿嶋はパリッとしたブランドもののスーツで現れた。

見違えた……。皿嶋を見た途端に、まゆみはそう思った。

(馬子にも衣装とは、このことね)

まゆみは成功しつつある男の自信のようなものを感じた。

「すみません。待ちました?」

皿嶋の声は少し震えている。

(もしかしたら、わたしに呼びだされて緊張してるのかしら)

そう思うと、まゆみは皿嶋のことが可愛く思えた。

「ううん。わたしも、いま来たとこ」

二人は話しだした。中学校時代のことや会社でのこと。そして、そのどちらでも皿嶋が
まゆみに交際を申しこんだこと。

「そのことは忘れてください。僕は身の程知らずだったんです」

皿嶋が肩を小さくすぼめながら言った。

「いいえ」

まゆみは真《ま》っ直《す》ぐに皿嶋の目を見た。

「わたし、あれからよく考えたんだけど」

「はい」

「皿嶋君と、つきあってもいいかなって」

「え?」

「そう思い直したのよ」

皿嶋は大きな目をさらに丸くして言葉を失っている。

「今からじゃ遅いかしら」

皿嶋はブルブルと顔を左右に振っている。

〝いいえ〟という意思表示なのだろう。まゆみと皿嶋はつきあいだした。

＊

夕方のデパートの屋上に、まゆみと無量小路幽子がいた。平日のうえ閉店が近づいてきているから人影はまばらだ。幽子は自分のスマホでまゆみの顔写真を撮った。

「無量小路さん。あなたは、どうしてこんな事をしてるの?」

「人を捜しているのよ」

「え?」

「あたしのことより、あなたの新しい人生を見てみたら?」

まゆみはスマホの動画機能を使い過去の自分が皿嶋と結婚した様子を見始めた。

「やったわ」

まゆみは声に出して気持ちを表わした。これで惨めな境遇から脱出することができる。見栄《みば》えは悪いけど誠実で働き者の皿嶋と堅実で幸せな家庭を築くのだ。

この後、徐々に現在のまゆみは消え変化した過去に則《のっと》った現在に取って代わられるのだという。

「その動画、早送りもできるのよ」

そう言うと無量小路幽子は意味ありげな笑みを浮かべて去っていった。

（わたしの意識が消えてしまわないうちに早送りして幸せになった自分を見てみよう）

まゆみは画面を早送りした。まゆみと皿嶋が結婚して新婚生活を送っている。

（わたしは社長夫人だわ）

まゆみはウットリした。だがディスプレイの中の皿嶋は少し様子がおかしかった。覇気がない。表情からも今までの謙虚さが感じられない。

（どうしたのかしら）

まゆみは、さらに早送りの速度を上げた。皿嶋の会社は経営が悪化して、やがて不渡りを出して倒産した。

（どういうこと？）

まゆみはディスプレイを凝視して分析した。皿嶋は、まゆみにプロポーズされたことで舞いあがり、やがてつけあがり努力をしない人間になっていた。

(ちょっと、ひどいよ、これ)

そのときディスプレイに沢健太郎の姿が映った。まゆみは慌てて再生スピードを正常に戻した。沢健太郎は沼本英子にプロポーズしようとしていた。沢の目は真剣だった。

「沢さん。あなたは、まゆみのことが好きだったんじゃないの?」

英子が怪訝《けげん》そうな顔を健太郎に向ける。

(そうよ。健太郎はわたしのことを好きなのよ)

まゆみはディスプレイの中の英子に相槌《あいづち》を打った。

「そうだ。でも、まゆみさんに交際を申しこんで振られて目が覚めた」

「目が覚めた?」

「うん。僕は女性に対して傲慢《ごうまん》なところがあった。そんなところが、まゆみさんに嫌われたんだろう」

判ってるじゃないの。

「でも、これからは違う。僕は生まれ変わった。英子さんを尊重して一生、大事にするよ」

まゆみは思わずディスプレイを早送りにした。そこには念願叶《かな》ってパイロットになった沢が映っていた。そして沢は、いつまで経っても英子に優しかった。

（もしかして、わたしって、男を堕落させる運命なのかしら）

そんなバカな……。

意識が薄れてゆく。今の人生が消滅して変更した人生が進み始める。

（大丈夫。わたしならきっといつか運命を変えられるはず）

まゆみの意識が途絶えた。

第六話　追いつめて……

生きている理由がなかった。

黒須勝一《くろすしょういち》は真夜中の校舎の屋上から飛び降りようとしている。黒須勝一は四十六歳になる大学教授だ。専門は都市防衛学。政府高官にも意見を求められるほどの権威だ。角張った顔は気持ちの強さと無骨な真面目《まじめ》さを表わしている。

遺書はない。書く力が湧《わ》いてこなかった。妻と二人の子がいるが気持ちは判《わか》ってくれるはずだ。

「判らないわ」

とつぜん若い女性の声がして勝一は振りむいた。

月明かりの下に女性が立っていた。真夜中でも女性の美しさはよく判った。身長は百六十センチぐらい。プロポーションが良く卵形の顔にパッチリとした目と小さな口がバランス良くおさまっている。だが勝一の知らない女性だった。

「誰《だれ》だ」

思わず誰何《すいか》していた。そう言ってから言葉を発したのは久し振りだと気づいた。

「無量小路幽子」

「ムリョーコージ？」

「ユウコよ」

無量小路幽子はズンズンと勝一に近づいてきた。

「私に何か用なのか？」

そんなはずはなかった。見ず知らずの女性だ。しかも自分がここに来ることは誰にも言っていない。それに……。

「〝判らないわ〟とはどういう事だ？」

無量小路幽子は勝一の心の声に、たしかに〝判らないわ〟と答えた。

「残された奥さんやお子さんはどうなるの？」

それを言われると辛《つら》かった。勝一は顔を伏せたかったが吸いこまれるように幽子の顔をまっすぐに見つめていた。

勝一の妻は都《みやこ》といって大学の職員だった。勝一よりも二つ年下だ。大学で働いていた頃《ころ》には美人だという評判も得ていた。

子どもが生まれて専業主婦になった。ガッシリとした体格の勝一によく釣りあって体力には自信があるようだ。

子どもは男と女が一人ずつ。中学三年の大樹《だいき》と小学六年の英里《えり》。

五日前、大樹が自分の学校に放火した。その結果、四人もの人間が死亡した。

その日、学校の灯《あか》りは消えて暗かったから誰もいないと思って大樹は放火したのだが、大樹がいるのとは反対側の教室に部活が遅くなった生徒と先生が残っていたのだ。そのことに大樹は気がつかなかった。

「誰かが責任を取らなければいけないのだ」

「あなたに責任があるの？」

勝一は無言で頷《うなず》いた。

「大樹を育てたのは私だ」

「奥さんも一緒に育てたわ」

「そうだ。だが大樹に厳しく当たったのは私の方だ」

勉強の妨げになるからと携帯電話も与えていない。

「子どものことは夫婦の連帯責任のはずだわ」

勝一の脳裏に瞬間的に都との諍《いさか》いの光景が浮かんだ。大樹の成績が思うように伸びない苛立《いらだ》ちがそうさせたのか勝一と都は、よく言い争うようになっていた。そのことも大樹の心を蝕《むしば》んだ一因になったのだろうか？

「私は詫《わ》びたいのだ。大樹に」

今なら判る。自分は間違っていた。

「死ぬことが詫びることになるの？」

「四人の人間が死んでいる。生きていて、いいわけがない」

都市防衛学の権威と言われているが自分の家族さえ守ることができなかった。

連日マスコミに追われ疲れ果てた。だが大樹は、この先も、もっと苦しい人生が続くのだ。

「あなたが死ねば大樹君が死なずに済む。そう考えているんじゃないの？」

そのことは頭にあった。大樹は過ちを犯したが、その原因を作ったのは親である自分だ。自分が責任を取れば、その分、大樹の責任を、たとえ僅《わず》かでも肩代わりできる。それがせめてもの〝防衛〟。

「やり直す方法が一つだけあるわ」

「あるわけがない。死んだ四人の人たちは二度と戻っては来ないのだ。人を死なせてしまった以上、やり直す方法はない。せめて自分の命を絶って謝罪するしかないのだ」

「過去の自分にメールを送れるの」

女性――無量小路幽子の言ったことが理解できない。

（過去の自分にメールを送れる？）

何を言っているのだ。

（そういえば、この女性は私の事情をすべて知っているようだ。それどころか心の中まで

読んでいるように思える）

勝一は、すべては幻なのではないかと思えてきた。

「幻じゃないわ。あたしは現実にここにいる。そして大樹君が学校に放火して四人もの人間が死んでしまったことも現実」

「だったら止めないでくれ」

勝一は幽子に背を向けてフェンスに手をかけた。

「たった一度だけ過去の自分にメールを送れるのよ。うまくやれば大樹君の放火を止めることができるかもしれない」

「放火を止める？」

「そう」

「どうやって……」

勝一は思わず訊《き》いていた。

「それは自分で考えて。メールの内容次第よ。いつの自分に、どういうメールを送るか」

勝一の上着のポケットから音がした。勝一はポケットに目を遣《や》る。スマホの着信音だ。

勝一はゆっくりとポケットからスマホを取りだしてディスプレイを見た。メールが着信している。送信者は〝無量小路幽子〟とある。

「未来のあたしが送ったの」

勝一はおそるおそる文面を確認する。

――黒須勝一さん。あなたは後悔している。大樹君に厳しく当たってきたことを。

その通りだ。

無量小路幽子は勝一の心理を言い当てた。勝一は幽子の顔を見た。幽子は頷いた。

(だが、これだけなら私の立場を知っていて少し勘のいい者なら容易に想像できる)

勝一はメールの先を読む。

――大樹君は幼い頃から何かにつけて自信のない子だった。だから、あなたは少しでも大樹君に自信をつけさせようと勉強がよくできる子に育てたかった。大樹君は幼い頃から頭は良かったから勉強なら才能がある。そう思った。勉強ができれば人生をうまく渡ってゆける。あなたは、そう思った。あなたは大樹君を愛している。すべては大樹君のためと思ってやってきた。

勝一の手が震えた。

「これは……」

「それを見たら、あたしの言っていることが本当だと信じてもらえるんじゃないかしら？」

メールに書かれていることは、まさに勝一の本音だった。

「どうして私の心の中が判ったのだ」

「あたしには判るの。あなたは自分の愛情に微《かす》かな疑問も感じていた。大樹君のためと言いながら大樹君に勉強を強いるのは〝自分の息子をいい大学にやりたい、という自分自身の見栄《みえ》も含まれていなかっただろうか〟という」

勝一はメールと幽子を見比べる。メールの文面は不思議だ。それでも信じることなどできるわけがない。過去の自分にメールを送るなどあまりにも馬鹿げている。

だが……。どのみち人生は終わっている。藁《わら》にもすがる思いで無量小路幽子の信じられない話にすがってもいいのではないか。

「あたしの言葉を信じたのなら明日また同じ時間にここに来て」

そう言うと幽子は踵《きびす》を返した。勝一は、しばらくボウッとその場に佇《たたず》んでいた。

＊

神社の前を通ったとき境内の大木が目に入った。月明かりの中、大木は空に向かって聳《そび》えている。

（ケヤキか）

勝一は数年前まで樹木図鑑を手に野山や街中の樹木を見て歩いていたことを思いだした。樹木を見つけ、その樹木の名前を覚えるのが無趣味な勝一の唯一の楽しみだった。

（ここ何年も、そんな些細《ささい》な趣味を楽しむ時間さえ取ることはなかった。それだけ心に余裕のない生活を送っていたのだ）

数年前まで木々を見ることは楽しかった。木々を見ているときには心がリフレッシュできた。最初はケヤキやシイのようなありふれた木々でさえ図鑑を見なければ名前が判らなかったものだ。

（木々は二酸化炭素を吸収して酸素を作りだす。地球にとって、生物にとって、かけがえのないものだ）

だから息子が生まれたとき迷わず〝大樹〟と名づけた。夫婦にとって、かけがえのない存在だと思ったからだ。

思えば木々に興味を持ったのは妻の都に影響されたからかもしれない。田舎で育った都は木の名前にも詳しく二人で散歩をしているときに、よく木々の名前を勝一に教えたものだ。

（あの頃は楽しかった）

それが……。いつの間にか勝一は大樹を怒ることに一生懸命になっていた。そして大樹は校舎に火をつけ、その事で夫婦は力を合わせるどころか互いに相手を非難した。都は口に出して。勝一は心の中で。

――あなたがいけないのよ。

今も都の言葉が胸に突き刺さっている。

――あなたが大樹に厳しく当たったから。

泣き叫ぶ都に勝一は言い返せなかった。言い返したいことはたくさんあった。だが、いずれにしろ自分がしっかりしていなかったのが原因だ。それは否定できない。それに、ここに至っては何を言っても無駄だ。取り返しなどつくはずがない。

「来たのね」

幽子の声に思考を中断された。目の前にいる幽子は少し笑みを浮かべたように見える。あのメールを信じたかどうかは自分でも判らない。とにかく勝一は翌日、同じ時刻に同じ場所に来た。

「死ぬのを一日延ばしてもいいと思っただけだ」

幽子がスマホを取りだした。そのままカメラ機能で勝一の顔を撮る。

「どうして私の顔を……」

「記録しておきたいの。それより、はい」

幽子が勝一にスマホを渡した。

「特殊なスマホよ。文字数は無制限。ただし受信する方のスマホの制限文字数までしか表示されないけど」

「どうすればいいのだ？」

「自分の名前にアットマーク、そして送りたい日付を打ちこんで」

勝一は幽子の顔を見つめる。

「君は誰だ？　どうして、こんな事をしている？」

「あたしも助けが必要なのよ」

幽子はそれ以上は何も言わなかった。勝一は視線をスマホに戻した。言われた通りのアドレスを打ちこみ、続いて昨日一晩、考えた文面を本文に打ちこんでゆく。

——黒須勝一へ。私は未来の自分だ。

メールの文面を打ちこみながら、その文面を馬鹿らしいとは思ったが、どのみち自分の人生は馬鹿馬鹿しい結末を迎えようとしている。やるだけやってみよう。

――信じられないかもしれないが、これは本当のことだ。その証明は最後にする。とりあえず言いたいのは、お前は大樹に対して、とんでもない過ちを犯しているということだ。

勝一は息を吸いこんで、また文を打ちこむ。

――最大の過ちは塾で忙しい大樹の一週間のうち、唯一、空いている日に家庭教師をつけたことだ。

勝一は、いちばん後悔していることを書いた。

大樹は月曜日から土曜日まで進学塾に通っていた。それは勝一が見つけてきた塾だ。大樹はよくがんばって塾の勉強をこなしていた。だが定期テストの成績は思ったほど伸びなかった。だから勝一は妻の都とも相談して空いている日曜日に、さらに家庭教師を頼むことにしたのだ。

――それは大樹には負担が大きすぎた。人間、大人も子どもも息抜きが必要だ。お前は、その事に気づかず大樹の息抜きの時間を奪った。その結果、大樹は追いつめられ学校に放火してしまう。そして四人もの人間が命を失う。

勝一は大きく息をつくと残りを一気に書きあげた。

——楽しかった日々のことを思いだせ。大樹や英里がまだ幼いころ家族四人で公園に出かけ、おにぎりを食べていた頃。その頃は家族四人がみな笑っていた。その笑顔を取り戻すんだ。今すぐに。さもないと大樹を、家族を不幸にする。

最後に勝一は、このメールが本物であることを証明する文章を書き加え送信した。

＊

勝一は大樹のノートを見てワナワナと震えた。

「練習問題をやってないじゃないか！」

思わず怒鳴っていた。

「ごめんなさい」

大樹は真っ青な顔で謝った。

「期末試験は明日なんだぞ」

勝一は数学の試験範囲に添った練習問題集を買ってきて大樹に渡していた。その試験範囲の問題を大樹はやっていなかった。

「今からやれ！　終わるまで寝るな！」

「はい」

大樹は泣きそうな顔で返事をした。そのとき勝一のスマホの着信音が鳴った。携帯電話に思い入れのない勝一は古い型のものを未《いま》だに使っている。

「いいか。絶対にやるんだぞ」

そう言い残すと勝一はポケットに手を突っこみながら部屋を出た。出たところでスマホのディスプレイを見る。メールが届いていて送信者は〝黒須勝一〟となっている。

（なんだ、これは）

勝一は訝《いぶか》りながらも文面を確認する。

――黒須勝一へ。私は未来の自分だ。信じられないかもしれないが、これは本当のことだ。その証明は最後にする。とりあえず言いたいのは、お前は大樹に対して、とんでもない過ちを犯しているということだ。

妙なメールだ。誰かのイタズラに決まっている。

（大樹か？）

そうとしか思えない。私に隠れ、こっそり携帯電話を持っていたのだ。すぐさま大樹の部屋に引き返して問いつめようとも思ったが、とりあえず文面を最後まで読むことにした。それからでも遅くはない。

――最大の過ちは塾で忙しい大樹の一週間のうち、唯一、空いている日に家庭教師をつけたことだ。

内容を読んで怒りが湧いてきた。

（話にならん）

言いたい放題のことが書かれていたが肝心の最後の部分、このメールが本物であるという証明の前にメールが途切れていた。あまりにも長文になったために文字が入りきらなかったのだろう。いや、その体裁を装って、わざと文章を切っているに違いない。

（証明など、できるわけがない）

勝一はスマホをしまった。

＊

幽子が自分のスマホのディスプレイを勝一に見せている。スマホの動画機能を使えばしばらく過去を見ることができる。だが勝一のスマホの動画機能が低性能なので幽子のスマホを使っているのだ。

過去の自分は自分からのメールを受け取ったが、それを本物の未来からのメールと認識せずメールの文面に取りあわずに、その後も大樹を怒り続けた。

「変わってないじゃないか！」

勝一は憤慨した。メールは本物だった。だが、その機能を使っても過去は変えられなかった。期待した分、絶望はより大きくなったと言える。

「おしまいだ」

「あきらめちゃダメ」

幽子に声をかけられる。

「早送りもできるの。最後までしっかり見ないと」

「同じことだ」

勝一は虚《うつ》ろな目をして呟《つぶや》いた。

＊

大樹は返されたテスト用紙を見て軀《からだ》が震えだした。止めようとしても震えは止まらない。

全科目がすでに返されているが、どう考えても過去最低の成績だった。このところ気力がまったく湧かず勉強に身が入らなかったのだ。

(お父さんに怒られる)

それが恐怖だった。その恐怖が大樹の軀に震えという具体的な症状を引き起こしている。

大樹はテスト用紙をまるめた。

(見せられるわけがない)

三者面談の日は明日に迫っている。そこでは親と一緒に、期末テストの順位が記された成績表が渡される。

(やるしかない)

大樹はソッと引出を開けた。そこには今日、百円ショップで買った使い捨てライターが入っている。大樹はそのライターをつかむとポケットに入れた。

＊

午後九時。夜の校庭は暗い。暗い学校に大樹は侵入した。胸の鼓動が大きくなる。その音が辺りにも聞こえるようだ。

周囲を見回す。誰もいない。大樹はポケットからライターと、まるめたテスト用紙を取りだした。

心臓の鼓動はますます大きくなる。校舎の脇に腰を落とし大きく息を吸いこみ思い切ってライターに火をつける。

「大樹！」

飛びあがりそうになるほど驚いた。恐怖に歪《ゆが》んだ顔で振り返ると暗闇《くらやみ》の中、男が立っている。大樹は恐怖に縮みあがり心臓が止まりそうになる。

男は父親だ。暗くて顔が見えないが、その声と軀の輪郭から父親の勝一に間違いなかった。

「何をやっている」

勝一は暗く沈んだ声を出した。それだけに、いつもの叱責《しっせき》よりも恐怖は強かった。

「ご、ご」

なんとか謝ろうとするが言葉が出てこない。

「許してくれ！」

誰が言ったのか？　父親か、自分か。

勝一が校庭に膝《ひざ》をつき手をついて頭を下げている。

「お父さん？」

「許してくれ」

大樹は何が起きているのか判らなかった。なぜ父親は謝っているのか。

「どうしたの？　お父さん、何かやったの？」

勝一は手をついたまま顔をあげた。

「お前を追いつめた」

「え？」

「お前は学校に火をつけようとしたんだろう？」

答えることができない。そうだと認める勇気がない。

「いいんだ。判っている。お前を、そこまで追いつめたのはお父さんだ」

大樹は土下座をする勝一を呆然《ぼうぜん》と見下ろす。これは現実の出来事なのか。いつも怒られてばかりいた父親に頭を下げられている。

「近頃、お前の様子がおかしいから心配してはいたのだが……。今日、お前が家を出ていくのに気がついて追ってきたら……」

勝一は微かに泣いているようだ。

「今まで済まなかった。勉強、勉強とお前を追いつめて。勉強だけが人生じゃない。人生は、もっと楽しいものだ。そのことをお父さんは忘れていた」

信じられなかった。あの厳しい父親がこんな事を言うなんて。勝一は肩を震わせている。大樹の目にも涙が溢《あふ》れだす。

「お父さん」

「大樹」

勝一は立ちあがった。二人は号泣して夜の校庭で抱きあった。

*

勝一は幽子のスマホの動画を不思議な気持ちで眺めていた。

「過去の私は、あのメールを本物だと認識していなかった。それなのに大樹に謝ることができた」

「よかったわね」

幽子の目には小さな笑みが浮かんでいる。

「どうしてだ？　どうして私は大樹に謝ることができたんだ」

「それは、あなたが大樹君を本当に大事に思っていたからじゃないかしら。あなたが大樹君に厳しく当たっていたのも大樹君の将来を思ってのことでしょう？」

「だが、そのやりかたは間違いだった」

「あなたは、あのメールを見て、そのことに気づいたのよ。たとえ未来からのメールだと証明されていなくても書かれていることは切実で間違っていなかった。だから、あなたの心に響いたんだと思うわ。それであなたは自分の間違いと大樹君の絶望的な気持ちに気がついた。その気づきは遅くはなかった」

「ありがとう」

　勝一はごく素直な気持ちで幽子にお礼を言っていた。ディスプレイには笑いながら食事をしている黒須家の様子が映しだされていた。そこで勝一は大樹に話しかけていた。

――大樹、今度、森林公園にサイクリングに行かないか？

――え？　やだよ。受験生だし、そんなヒマないよ。

――たまには休憩も必要だ。なあおかあさん。

――そうね。おかあさんも行きたいわ。

――そこで、いろいろな木の名前をお前に教えたいんだ。

――受験に関係のない知識を覚えるの？
――受験に関係なくても人生には関係あるんだよ。
変化した過去を見て勝一は安心した。新しい人生が始まったのだ。
幽子がスマホをしまうと同時に古い勝一の存在が消えた。

第七話　くるったレシピ

二十代でいられるのもあと半年という秋の日、内野《うちの》雄二《ゆうじ》朗《ろう》に転機が訪れた。内野雄二朗は六本木にある有名フレンチレストラン《リオン》を任されているシェフだった。背が高くギョロリとした目と少し骨張った顔は男らしさを表わしている。

《リオン》のオーナーは獅子宮《ししみや》梓《あずさ》といって業界では名の知れた男だった。歳《とし》は内野より三つ下だ。内野と同じくらい背は高いが内野よりも痩《や》せていて顔も細かった。だが華奢《きゃしゃ》という印象はなく、どこか鋼の棒を思わせる固い軀《からだ》つきの男だ。短く刈りあげた頭髪は精悍《せいかん》さを表わし目つきも鋭い。

商売では遣《や》り手だった。この不況の折、高級レストランの身売り話ばかり出る中で自分の経営するレストランを一代で有名店に育てあげ都内に五店のレストランを経営するに至った。

その獅子宮にプロポーズされたのが雑誌記者の萩尾《はぎお》ゆみかだった。

「どう思う?」

ゆみかは真剣な目で内野を見つめた。

ここは《リオン》の厨房《ちゅうぼう》。すでに店は閉まり後片づけも済み従業員たちも帰った。今は帰り支度を済ませた内野とゆみかしかいない。

二人は壁に背中をもたれさせるようにして立っている。

ゆみかは二十六歳。人目を引く綺麗《きれい》なプロポーションの持ち主だ。顔も瓜実顔《うりざね》で色白、稀《まれ》に見る美人だった。現在、レストランなどを紹介する雑誌の記者をしている。

《リオン》の取材をするうちに、その味と店の雰囲気に魅《み》せられ仕事にかこつけて通うようになった。会社から経費と認められなくても自腹を切ってプライベートでもこの店を訪れるうちにオーナーの獅子宮ともシェフの内野とも親しくなった。

「よかったじゃないですか」

内野は辛うじて祝いの言葉を述べた。

「獅子宮さんは成功者。玉の輿《こし》だ」

「本当にそう思う？」

「どういう意味ですか」

「わたしが獅子宮さんと結婚したら内野さんは良かったと思うの？」

「それは……」

内野は言葉に詰まった。頭の中で、ゆみかに対する様々な想《おも》いが交錯する。

(自分はこの人を……)

内野は想いを振りきった。

「よかったと思いますよ」

精一杯の笑みを見せる。

「そう」

ゆみかはどこか淋《さび》しそうだ。

「わかったわ」

ゆみかは壁から背中を離した。

「これからも長いつきあいになりそうね」

そう言うと、ゆみかは帰っていった。

*

帝国ホテルで行われた獅子宮とゆみかの結婚式は豪勢なものだった。業界はもとより政界、財界の招待客も大勢出席した。

内野は幸せそうなゆみかの笑顔を眺めながら、ゆみかと初めて個人的に話をしたときのことを思いだしていた。それはラーメン店での出来事だった。

内野はフランス料理のシェフだが一年中フランス料理ばかり食べているわけではない。

家では和食を食べるしラーメンも大好きだった。

内野は休みの日には都内や関東近辺の有名ラーメン店によく足を運んだ。栃木《とちぎ》県佐野《さの》市のアウトレットに行った帰り佐野ラーメンの有名店に入ったのだが、そのとき偶然ゆみかが隣の席に坐《すわ》っていたのだ。

普段、東京で生活している二人が佐野で出会うとは、お互いに大いに驚いた。内野などは運命的な出会いだとさえ感じてしまったほどだ。

「どうでした？　さっきのラーメン」

店を出ると内野は、すぐにゆみかに訊《き》いた。

「ダメね」

ゆみかが即答すると内野は頷《うなず》いた。

「麵《めん》に特徴はあるけどチャーシューは市販のものを使っている。店主のこだわりが感じられない。どうして流行《はや》るのか判《わか》らない」

その後、内野はゆみかと、もう少し話をしたくて場所を近所の喫茶店に移した。二人はそこでラーメン談義に花を咲かせた。ゆみかもフランス料理のほかにラーメンも大好きだったのだ。

つけ麵もいいけどオーソドックスなラーメンが好きなこと、チャーシューと味つけ卵にこだわりがあることなどが二人に共通した嗜好《しこう》だった。

それ以来、二人は仕事上のインタビューだけでない親密な話ができる間柄になった。料理の話題だけでなく内野の好きなメジャーリーグの話にもゆみかは乗ってきた。

待ち合わせをして二人で都内の有名ラーメン店に食べに行ったことも何度もある。ラーメンを口実にすれば、お互いに相手を誘いやすかった。だが、二人とも忙しく、それ以上の仲には、なかなか発展しなかった。

そんな隙間《すきま》にオーナーの獅子宮は強引に割りこんできたのだ。

結婚式から一か月ほど経《た》ったある日、内野は獅子宮に呼ばれた。

「テレビに出てみないか?」

「え?」

執務室で放たれた獅子宮の言葉は意外なものだった。

「テレビ、ですか?」

「ああ。知りあいのディレクターから話が来てね。テレビ受けのする実力のあるシェフはいないかと」

内野は驚いた。

「私はテレビ受けなどしませんよ」

「それでもいいんだ」

「でも」

「興味ないか？」

「あまり……」

実際、内野にはテレビに出たいという欲求はなかった。興味がないことはないが内野は人見知りをする性格だった。小学生のころから軀は大きかったが運動が苦手で、そのせいで何をやるにしろ自信がなかった。そのこともあって昔から派手なことは避けて通ってきた。

「そんなことを言わないで」

「この店はどうするんです？」

「そんなにたくさんテレビに出るつもりだったのか？」

「いえ」

獅子宮は笑った。

「大丈夫。空いた時間にちょっと出てくれればいいんだ。別にレギュラー出演しろと言っているわけではない。バラエティー番組に一回、ゲストとして出るだけだ」

「自分には無理です」

「そんなに大それた出演じゃないはずだ。短い時間にちょっと。それに」

獅子宮の目が細くなった。

「これは店の宣伝でもある」

それが本音だったのかと内野は合点がいった。

「頼むよ」

内野は断る理由をそれ以上、思いつかなかった。

＊

話は内野の思惑通りには進まなかった。バラエティー番組のゲストとして短い時間だけ出演したのは約束通りだが、それは内野の適性を試す意味合いの出演だったのだ。テレビ映りがいいか悪いか。絵になるかどうか。受け答えは視聴者うけするか——。

そのすべてに内野は合格した。内野は、ことさらウケようと狙《ねら》ったわけではない。だがその自然体の受け答えが図らずも視聴者の好感を得たのだ。

もとより、その審査は内野のあずかり知らぬところで行われていたのだが獅子宮の意向もあって内野はバラエティー番組にレギュラー出演する羽目になった。

それは〝テレビ出演は一回だけで後は日常業務に戻り黙々とフランス料理を作っていたい〟という内野の当初の願いとは違う展開だった。

内野は最初は戸惑った。だが慣れてくると案外楽しい経験だった。

やがて内野は有名人の仲間入りをしていた。番組の司会をするのは人気お笑いコンビで、毎回、歌手やタレント、男優、女優たちも出演する。

番組が縁で店に顔を見せる芸能人も増えてきた。それが口コミで評判を呼び店は前以上に繁盛し知名度を上げていった。

いつしか内野は毎日を楽しく暮らしていた。

「これも獅子宮の思惑通りね」

振りむくと、ゆみかが立っていた。

「奥さん」

「やめてよ、その呼びかた」

「ほかに何て呼べば……」

ゆみかは淋しそうに笑った。

「もう萩尾さんでもないしね」

旧姓は萩尾ゆみかだったが今では獅子宮ゆみかだ。

「あなたにはタレントとしての資質があったのよ」

「やめてください」

内野は照れた。

「あくまで料理ができるから、もてはやされているだけです」

「だったら料理に戻ったら?」

内野は、ゆみかの言葉に虚を衝《つ》かれた。

「それは……」

テレビの売れっ子になって内野は厨房に立つ時間が減っていた。以前は埼玉《さいたま》の自宅から布製バッグを三つ四つ抱えて六本木の職場まで通っていた。布製バッグには毎朝、地元の農家から仕入れた野菜を詰めていた。半端な重さではなかったが自分の納得した食材しか使いたくなかったのだ。

それが最近は忙しさにかまけて下働きの者に野菜の購入を任せることが多くなった。

「最近の内野さん、少し淋しそう」

「え？」

そんなことはない、と思ったが、ゆみかに言われて初めて内野は心の中の虚《むな》しさに気がついた。毎日を楽しく過ごしている。でも、どこかで満足していない自分がいることも確かだ。それもただの虚しさではない。気づいてみれば、それはまるで心が空っぽになってしまったかのような大きな虚しさだった。

これはいったい何故《なぜ》なのか？　この虚しさの正体は？　フランス料理をあまり自分では作っていないからだろうか。それとも……。

「もう前のようには戻れない気がします」

それは内野の本心だった。自分はフランス料理に前ほどの情熱を持てないでいる。いや……。

(以前も本当にフランス料理に対して情熱を持っていたのかどうか)

内野は自分などよりも強い情熱を持って仕事に取り組んでいるフランス料理のシェフをたくさん知っていた。

(その人たちに比べて自分は……)

どうしようもなく淋しかった。自分はどこかで人生の選択を間違えてしまったのではないか? そう強く思った。

(だとしたら、それはあの時だ)

メールの着信音が鳴った。内野はバッグからスマホを取りだした。その横で、ゆみかが内野に軽く手を振ると店を出ていった。内野は視線をスマホに戻し送信者を確認する。

〝無量小路幽子〟とある。

(誰《だれ》だ?)

内野は文面を確認する。

——過去の自分に一度だけメールを送れるとしたら、あなたはいつの自分に、どのようなメールを送りますか?

意味が判らなかった。文面はそれだけだった。内野は首を捻《ひね》りながら店を出た。

「メールを見てくれた？」

戸締まりをしていると背後から若い女性に声をかけられた。ゆみかが戻ってきたのかと思って顔をあげると見知らぬ女性が立っていた。ゆみかよりも遥《はる》かに若い。大学生ぐらいだろうか？　卵のような輪郭の顔と白い肌に丸い目と小さな形のよい唇。内野は一瞬、若手の女優さんかな、と思った。

（番組で一緒になったこと、あったっけ？）

だが覚えはなかった。

「お客さんですか？　店はもう閉まっているのですが……」

「そうじゃないわ。あなたに会いに来たの」

「私に？」

女性は頷いた。

「失礼ですが、どこかでお会いしましたっけ？」

「いいえ」

女性は首を左右に振る。

「あたしは無量小路幽子」

「え？」

「メールを送ったでしょ」

たしかに送信者は〝無量小路幽子〟とあった。

「どういう事でしょうか？」

「あなたが悩んでいるように見えたから手助けをしに来たのよ」

「僕は別に悩んでなんかいませんよ」

「そうかしら」

「それより、あなたはどうして僕のメールアドレスを知っているんですか？」

幽子は答えずに笑みを浮かべた。

「あなたは今、虚しさを感じている」

それは確かだった。

「後悔しているわね。でも何を後悔しているのかしら？　萩尾ゆみかさんをオーナーに取られたこと？　それとも、テレビ出演を承諾したこと？」

「どうしてそんなことを？」

この女性、人の心が読めるのか？

「今夜、もう一度メールを送るわ。そして、あたしの言っていることが本当のことだと納得できたら、その時には過去にメールを送るという権利を使ってもいいわよ」

そう言うと無量小路幽子は踵《きびす》を返した。

「あの」

追いかけようとしたときスマホの着信音が鳴った。すばやくディスプレイを見るとテレビ局のディレクターからだった。おそらく明後日《あさって》の番組の食材の件だろう。内野は受信ボタンを押して会話を始めた。会話をしながら幽子を追いかけたが角を曲がると、もう幽子の姿は見えなかった。

＊

仕事が終わるのが待ち遠しかった。仕事が嫌いなわけではない。それどころか料理を作ることが昔から好きだったのだ。幼い日に母親に作ってもらった料理の数々。いつか自分も、こんなおいしい料理を作れるようになりたい。そう思ったのが料理人を目指したきっかけだ。

（料理が得意で良かった）

もし料理の才能がなければ自分は何者にもなっていなかっただろう。いつも優柔不断で子どもの頃《ころ》は親に〝やれ〟と言われた通りにやってきた気がするし学校を選ぶにしても職場を選ぶにしても人の言ったことや世間の雰囲気に流されてしまう傾向があった。

一つだけ変わらなかったのは料理を作るのが好きだということだ。だが今日は早く仕事を終えて、また無量小路幽子と会いたかった。

無量小路幽子が言っていた〝過去にメールを送る〟という話。その話を信じてもいい気持ちになっていた。

昨日の夜、無量小路幽子は言っていた通りに再びメールを送ってきた。そこには日本時間で今日の午前中に行われるメジャーリーグの試合結果が記されていた。そして実際に今日の試合が、ことごとくメールに記されていた通りの結果になったのだ。

めぼしい試合の勝敗とスコア、そして日本人選手の成績が大谷のホームランを始め寸分違《たが》わずその通りになったのだ。そのことを内野は午後の休み時間に知った。初めは何らかのトリックを使ったのではないかと疑ったが時間的な細工はする余地がないし試合結果はスマホのネットを使ってスポーツニュースで確認したから間違いはない。

決定的だったのは、ある選手が守備機会にケガをしたことを言い当てたことだ。これは結果を知らない限り絶対に予測できないだろう。

(あのメールは本物だ)

内野は確信した。

(だとしたら……)

内野はどうしても過去の自分にメールを送りたいと思った。

(自分は一度、人生の選択を間違えている)

それをやり直すチャンスが来たのだ。

実は昨日の夜、無量小路幽子に会ったことで興奮したのか寝つけなかった。だから夜中に起きだして〝もし過去の自分にメールが送れたら〟という想定で文面を考えたのだ。

(それを送る)

だが、はたして今日、もう一度、無量小路幽子に会えるだろうか？　そのことが気になって仕事中も注意が散漫になってしまった。

やがて仕事が終わり後片づけを終え内野は厨房で一人になった。

「決心がついたようね」

無量小路幽子は現れた。厨房の調理台に手をつきながら内野はゴクリと唾《つば》を飲みこむ。

「写真を撮らせて」

幽子は内野の顔をスマホのカメラ機能を使って撮る。

「このスマホを使って」

そのまま内野に白いスマホを手渡した。

「あなたは誰なんです？」

「迷い人よ」

幽子がポツリと言った。

「あたしはメールを信じなかった。あのときメールを信じていれば……」

幽子はふと淋しそうな顔をしたが、すぐに笑みを浮かべた。

「自分の名前を書いてアットマーク。そして送りたい日付を入れて」

内野は言われた通りにアドレスを打ちこむ。

「さあ、次は文面よ」

内野は頷いて昨日考えた文面を打ちこんでゆく。


――内野雄二朗よ。俺は三年後のお前だ。イタズラではない。その証拠は最後に書く。もしその証拠を見てこのメールが本物だと判ったら、これから言うことを実行しろ。


そこまで打ちこんで内野は大きく息を吸いこんだ。意を決して最後まで書ききる。

「さあ、過去の自分に送るのよ」

幽子に促されて内野は送信した。

*

獅子宮にプロポーズされたことを萩尾ゆみかは内野に告げた。

「どう思う?」

ゆみかは真剣な目で内野を見つめた。《リオン》の厨房だった。すでに店は閉まり後片づけも済み従業員たちも帰った。今は内野と、ゆみかしかいない。二人は壁に背中をもたれさせるようにして立っている。

「よかったじゃないですか」と答えようとしたときスマホの着信音が鳴った。

「失礼」

内野は素速くスマホを取りだした。メールが着信している。送信者は〝内野雄二朗〟とある。

(なんだこれは)

内野は訝《いぶか》ったが、とりあえず内容を確認する。

――内野雄二朗よ。俺は三年後のお前だ。イタズラではない。

そう言いながら、あきらかにイタズラだ。だが好奇心に駆られて内野はメールを読み進めた。

――萩尾ゆみかさんを手放すな。お前の運命の分岐点はそこだ。自分の気持ちに素直になれ。ゆみかさんを手放してからのお前は虚しさに覆われた人生を歩むことになる。他人の言いなりになってばかりいる人生を変えるんだ。

バカバカしい。内野はスマホをしまおうとした。今は、ゆみかさんが大事な話をしている。だがスマホの文面は、そのゆみかのことだ。その名前が気になって内野はもう少し読み進める。

――このメールがイタズラではなく本物だという証拠に他人が絶対に知らないことを記す。

何だろう?

――お前は幼いころ母親が作ってくれた料理に感激して料理人の道を選んだ。

これは本当だった。だがそのことはインタビューなどで答えたことがあるかもしれない。

――母親の料理の中で、いちばん感激したのがラーメンだった。

内野の軀を電流が貫いた。

（これは……）

本当のことだった。しかもメールに指摘されるまで内野自身もそのことを忘れていた。

（俺は母親が作ってくれたラーメンの旨《うま》さに感激して料理人を目指した）

そのことをハッキリと思いだした。そして、そのことを指摘してくれたこのメールは本物なのかもしれない。いやニセモノでも構わない。萩尾ゆみかを手放すなという助言は、きっと本物だ。

内野はスマホをしまった。

「メールは読み終えた？」

「あ、はい」

「それで、どう思うの？　わたしが獅子宮さんにプロポーズされたこと」

「よかったと思います」

内野の返事を聞くと、ゆみかは淋しそうに「そう」と呟《つぶや》いた。

「萩尾さんが獅子宮オーナーに返事をする前に僕に言ってくれて、よかったと思います」

「え？」

「萩尾さん」

「はい」

ゆみかは居ずまいを正した。

「僕と正式に、つきあってください」

内野は頭を下げた。ゆみかの返事はない。内野はおそるおそる頭をあげた。ゆみかは笑みを浮かべていた。

「どうしようかしら」

「ダメですか？」

「これから考えるわ。とりあえず獅子宮さんのプロポーズは断る」

「萩尾さん」

「だって二股《ふたまた》はかけられないもの」

内野は新しい自分に一歩、踏みだしたような気がした。

＊

ゆみかは獅子宮のプロポーズを断り内野とつきあうことになった。しばらくして内野は獅子宮から馘《くび》を言い渡された。理由を内野は訊かなかった。萩尾ゆみかを奪ったことへの報復。それしか考えられなかったからだ。理不尽な理由だが内野はその通告を甘んじて受け入れた。有名レストランのシェフという今の立場を捨ててもなお、ゆみかを手に入れたかったからだ。

内野は獅子宮に逆らったことを後悔はしていなかった。

＊

内野は過去の自分が、その後どういう運命を辿《たど》ったかを動画機能の早送りで見ていた。

「よかったじゃない。自分の気持ち通りに行動できて」

「でも《リオン》を馘になった」

「それぐらいの覚悟はできてたんでしょ？」

「そうだ。でも、その結果どうなったかが知りたい」

内野は動画を早送りした。

「これは……」

再生スピードを正常に戻す。内野は街の外れにある小さなラーメン店の店主になっていた。

「落ちぶれている……」

内野は、そう感じた。

「無量小路さん。あなたの言う通り僕は過去の自分にメールを送った。それは人生を、より良い方向に変えたかったからだ。でも結果はテレビに出て有名人になっている今と比べて、あまりにうらぶれている。僕は人生の改革に失敗したんだ」

「そうかしら」

無量小路幽子は謎《なぞ》めいた微笑を浮かべて去っていった。

——あなたァ。

声が聞こえた気がした。それは動画の中のゆみかがラーメンを作っている内野に呼びかけた声だった。ゆみかは内野と結婚してラーメン店のおかみさんになっていた。

内野の意識が薄れてゆく。新しい人生に飲みこまれるのだろう。薄れゆく意識の中で目に映ったゆみかの顔が、やけに生き生きとしているように内野には思えた。

第八話　乗ってはいけない

孫が死んだ。

平井里津子《ひらいりつこ》は年も押し迫った今日、八十三歳の誕生日を迎えた。

娘の平井典子《のりこ》が池永正裕《いけながまさひろ》という真面目《まじめ》だけが取り柄の冴《さ》えない男と結婚して池永典子と名を変え孫が生まれた。

生まれたときは未熟児だったが亮《りょう》と名づけられた孫はその後、スクスクと育ち今年、小学四年生になった。

亮は小柄で痩《や》せているが目がクリクリとして、とても可愛《かわい》らしい顔立ちをした子だった。

静岡県伊東《いとう》市に住んでいる里津子にとって東京に住む亮と会うのは簡単ではなかった。もともと里津子は心臓が悪く歳《とし》を取ってからは足も悪くなった。膝《ひざ》の関節を痛めて畳に坐《すわ》ることができない。階段の上り下りも苦しい。一段、一段、ゆっくりと足を動かしてようやくこなせるほどだ。

今年、孫と連絡を取るために初めて携帯電話というものを買った。夏休みに娘夫婦が里帰りしたときに娘の典子に半ば強制的に買わされたのだ。

初めは使い勝手が判《わか》らなかったが、そのうちにようやく電話をかけることを覚え、やがてメールを覚え今では写真も撮れるし動画も撮影できる。出歩くことが億劫《おっくう》な里津子にとって携帯電話は必需品にまでなった。

そして今年の冬休み……。

初めて亮が一人で東京から電車に乗って暖かい伊東にやってくることになったのだ。

その電車が事故に遭った。

原因はまだ判っていないが人為的な犯罪かもしれない。カーブの箇所で脱線し横倒しになったのだ。大事故のわりに死者は一名だけだった。その一名が亮だったのだ。

里津子は今、静岡県熱海《あたみ》市錦《にしき》ケ浦《うら》の断崖《だんがい》に来ていた。茶巾《ちゃきん》袋からスマホを取りだして亮の写真を見た。

(亮……)

娘の典子に抱かれている亮。典子の幸せそうな笑顔。これが見納めだ。

(生きていても仕方がない)

飛び降りて自分の人生にケリをつけるつもりだった。里津子の心を絶望の黒い霧が覆っていた。

「死んではダメ」

女性の声がした。振りむくと若い綺麗《きれい》な女性が立っていた。

「あたしは過去にメールを送れるの。その権利をあなたに譲るわ」

里津子は一瞬、自分がもう天国に来たのかと思った。女性の声がエコーがかかっているように聞こえたのだ。

スマホの着信音が鳴った。自分のスマホのようだ。

「出て」

女性に促されて里津子はスマホのディスプレイを見た。メールが届いている。送信者は〝無量小路幽子〟とある。

「ムリョウ？」

「ムリョウコウジ、ユウコ。あたしのことよ」

里津子は無量小路幽子と名乗った女性に目を遣《や》った。

「文面を読んで」

促されるままに本文を読む。

──過去の自分に一度だけメールを送れるとしたら、あなたはいつの自分に、どのようなメールを送りますか？

里津子は文面をしばらく眺めていた。それは読むというより眺めるという言葉が適切だった。字面を追ってはいるが内容が、うまく頭に入ってこない。

「これは……」

「書いてある通りよ」

無量小路幽子は静かに里津子に向かって歩いてきた。

まだ頭が混乱している。自分はおかしくなってしまったのだろうか？

「本当のことよ。あなたは過去にメールを送れる。あたしを信じて」

「でも……」

「死ぬよりはいいでしょ」

たしかにそれは言える。過去にメールが送れる。馬鹿馬鹿しい話だが自分は今、死のうとしていた。

「死ぬ前に試してみて」

里津子は呆然《ぼうぜん》と無量小路幽子を見つめる。試してみたいという気持ちがすでに心の中に生まれている。だが時間の無駄のようにも思える。

「一日、よく考えてみて」

「考えても同じだ」

「もう一度メールを送るわ。それを見たら、あたしの言ったことが本当だって判るはず。そうしたら明日のこの時間、もう一度ここに来て」

そう言うと無量小路幽子は踵《きびす》を返した。里津子はその後ろ姿を黙って見送るしかなかった。

＊

里津子は、なぜ自分が孫の亮を溺愛《できあい》するに至ったのか、その原因を思い起こしていた。孫が可愛いのは当たり前だ。だが里津子は、ほかの老人たちよりも余計に孫に対する思いが強い。

（あれは、まだ典子が幼い頃《ころ》だった）

原因はそこまで遡《さかのぼ》る。まだ亮の生まれていない遠い昔……。

里津子は、なかなか結婚相手に恵まれず行かず後家と陰口をたたかれながら、ようやく見合い相手と折り合いがついたのが三十八歳の時だった。結婚相手の男は勤め人で、そこそこの美男子だった。

一年後、夫との間に娘が生まれた。典子である。夫によく似た可愛い娘だった。里津子はよろこんだ。子どもが生まれてきた事がうれしくてうれしくてたまらず娘を愛《いと》おしんだ。

だが……。夫は里津子ほど子どもが生まれたことに心を動かされなかった。典子が赤ん坊の頃はそれなりに可愛がったが典子が小学校に上がるか上がらないかのころ外に女を作った。夫は顔立ちが良いから女にはモテたようだ。

里津子は絶望した。夫と二人で仲良く子どもを育ててゆこうと思っていただけに心が乱れた。

里津子は自分のやりきれない気持ちを不在がちの夫よりも常に自分の傍《そば》にいる娘にぶつけた。夫に似ている娘の顔までが憎らしく思えた。里津子は娘の典子に辛《つら》く当たるようになった。夫を撲《ぶ》ちたい気持ちを持てあまし典子を叩《たた》いたことも一度や二度ではなかった。典子の背中には今でも痣《あざ》が残っている。

典子が大きくなっても母娘《おやこ》の関係はギクシャクとしたままだった。

里津子が自分の間違いに気づいたのは夫が妾宅《しょうたく》で死んでからのことだ。脳溢血《のういっけつ》だった。憎しみの対象が娘ではなく夫だということに遅まきながら気がついた。

里津子は娘との関係を修復しようと焦ったが、なかなか〝今までごめんなさい〟の言葉が言えなかった。でも、そんな母親の気持ちを典子は察してくれたようだ。徐々に母娘で会話ができるようになり、やがて典子は結婚相手を連れてきて里津子に紹介した。

一年後、孫が生まれた。

里津子は典子が生まれたときの気持ちを思いだした。初めて自分の子どもが生まれて、うれしくてうれしくてしょうがなかった気持ち。娘は宝物だ、一生、大事にしようと思ったこと。

そんな気持ちを思いだして典子に辛く当たった分を取り戻すように孫を可愛がった。孫を可愛がる里津子を見て典子もよろこんだ。母娘のわだかまりは消えたようだ。

亮は典子にとっても里津子にとっても宝物だった。亮の笑顔、亮の声が里津子の脳裏に甦《よみがえ》る。その思いを断ち切るようにメールが届いた。

＊

亮が伊東の家の庭先で遊ぶ姿。亮が来る夏休みのためだけに買った三輪車。

亮がトンボを追いかける姿。亮が川岸を走ったときには川に落ちないかと心配したっけ。それらの思い出までが長いメールに記されていた。無量小路幽子の言ったことは本当だった。そう信じるしかない。里津子の思い出が事細かに、里津子でなければ判らない部分までもが、きっちりと記されているのだ。

メールを本物だと信じて里津子はまたこの断崖にやってきた。藁《わら》にもすがる思いである。

（でも、あの女の人が来なかったら……）

その時には、やっぱり死ぬしかない。そう思いながら強い風に吹かれて断崖に立っていると無量小路幽子がやってきた。

「あんた……」

里津子は思わず無量小路幽子に駆けよった。

「里津子さんも来てくれたのね」

「亮を止める。電車に乗らないように亮を止めるんだ」

幽子は頷《うなず》いた。

「本当に過去にメールが送れるの？」

「送れるわ」

「どうやって……」

「このスマホを使うの」

無量小路幽子はコートのポケットからスマホを取りだした。

「里津子さんの写真を撮ってもいい？」

「かまわないけど」

何がなんだか判らないうちに幽子はスマホで里津子の顔写真を撮り、そのスマホを里津子に渡した。里津子は渡されたスマホをシゲシゲと見つめた。

「アドレスは自分の名前を書いてアットマーク、そして日付」

日付は五日前。亮がまだ電車に乗る前だ。里津子はスマホから顔をあげて幽子を見た。

「あんたは誰《だれ》かね」

「無量小路幽子」

「それは聞いた。そうじゃなくて、どうして、わたしのところにやってきた」

「あなたを救いに」

「だから、どうして」

「あたしも事故に遭ったから」

「え？」

幽子は笑みを浮かべただけだった。

今は幽子の事情にかまけているときではない。自分のことだ。亮のことだ。

里津子は言われた通りのアドレスを打ちこんだ。文章は考えてきた。

――いいか。よく聞け里津子よ。これは五日後のお前からのメールだ。亮が初めて一人で電車に乗ってお前に会いに来る。だがその電車が事故に遭い亮は死ぬ。そうならないように亮を止めるのだ。電車に乗らないように。

里津子は過去の自分が、このメールが本物であると信じられるように自分にしか判らないことを書き添えた。

「送信して」

幽子の声に促されて里津子は少し震える手で送信ボタンを押した。

「これで届くんだな？」

「届くわ」

頼むぞ、と里津子は、過去の自分に祈った。

＊

里津子は朝からイソイソと夕飯の準備を始めた。気が急《せ》いて朝の四時には目が覚めてしまったのだ。

（桜エビの掻《か》き揚げにアジの刺身、それに亮が好きだからジャガイモを揚げたものも作ろう）

今日の夕方、亮が一人でやってくる。亮が一人で出かけることに最初は反対した。心配で仕方がなかった。小学生が東京から静岡まで一人でやってこられるものだろうか。でも典子が〝大丈夫〟と言うのだから大丈夫なのだろう。

覚悟を決めると早く亮に会いたくて待ち遠しくて仕方がなくなった。

（さて、やることはやった。後は買い物だ）

バッグに財布とスマホを入れようとして里津子は動きを止めた。

（スマホをどこに置いたかの）

財布はあったがスマホが見当たらない。このところ物忘れが前より多くなってきた。部屋中を探したけれど見つからない。

（困ったものだ）

そのとき音がした。玄関のチャイムではない。スマホの着信音だ。里津子は音源を探した。音は、どうやら押入の中から聞こえてくる。蒲団《ふとん》を片づけたときに枕元《まくらもと》に置いていたスマホも一緒に畳んでしまったらしい。

（やれやれ）

このところ腰が痛くて蒲団は畳まずに敷きっぱなしにしてあったのだが亮がやってくるというので気合いを入れて畳んだのだ。

里津子は押入を開け音を頼りに蒲団の中に手を入れた。冷たい手触りがしてスマホは見つかった。メールが一件、届いている。送信者は〝平井里津子〟とある。

（はて）

スマホの扱いにまだまだ自信がない里津子は自分が操作を誤ったのだと思った。事態を把握するためにメールを開いた。

――いいか。よく聞け里津子よ。これは五日後のお前からのメールだ。

不思議なメールを見て里津子は頭が混乱した。メールには、亮の乗る電車が事故に遭い亮が命を亡くすと書かれている。

(縁起でもない)

不吉なメールに里津子は腹が立った。

——このメールが本物だという証拠を書く。これはお前自身しか知らないことだ。お前は亮が生まれるとき無事に生まれるように三島《みしま》神社にお百度詣《まい》りをしただろう。

本当のことだった。

——その時に、どの神社に参るか迷ったはずだ。三島神社か、河瀬《かわせ》神社か。三島神社は家内安全の神徳がある。河瀬神社は厄除《やくよ》けだ。お前は結局、三島神社を選んだ。

その通りだった。この心の中の動きは里津子自身しか知らない。

(これは……本物か?)

そうとしか思えない。だが、そんな馬鹿なことがあるわけもない。里津子は考えた。一生懸命考えた。そして信じられないが信じるしかないという結論に達した。

（亮を止めよう）

そう決意した。メールがウソだった場合は笑い話で済む。だが、もしメールが本物だったら……。

（亮が、死ぬ）

絶対にくい止めなければならない事態だ。里津子の心臓はバクバクと波打った。その鼓動を鎮める余裕もなく里津子は東京に電話をした。

＊

池永家ではいつものように家族三人で朝食を摂っていた。

「今日は、いよいよおばあちゃんのうちね」

典子が言うと亮は少し緊張した面持ちで「うん」と返事をした。

「早く、おばあちゃんに会いたいよ」

亮はおばあちゃんが大好きだった。

「大丈夫？　一人で行ける？」

「行けるよ」

亮は大きな声で答えた。でもその顔はどこか不安そうだった。

「亮、心配いらないよ。駅まではお父さんとお母さんが送っていくし向こうの駅には、おばあちゃんが迎えに来てくれるんだから」

「そうね。亮は電車に乗っているだけだからね」

亮は力強く頷いた。その顔に笑顔が戻った。

「ぼく、おばあちゃんに杖《つえ》を届けるんだ」

四日後は里津子の誕生日だ。亮は誕生日プレゼントに何がいいかをさんざん考えた挙句、足の悪い里津子に杖をプレゼントすることに決めたのだ。それを届けに行く。

電話が鳴った。

「こんなに朝早く……。誰かしら」

そう言いながら典子は立ちあがり受話器を取った。

——もしもし、典子か。

——あら、おばあちゃん。

いきなり里津子の声が聞こえてきた。亮が生まれてから典子も里津子のことを〝おばあちゃん〟と呼んでいる。亮も、うれしそうな顔で「おばあちゃんだ」と言っている。

——典子、亮を電車に乗せちゃダメだ。

——ええ？

——電車が事故に遭う。

——何を言ってるの？

——本当だ。電車が事故に遭って……。

——いやだわ、おばあちゃん。そんなこと今から判らないじゃないの。

——判るんだよ。

——占いにでも出てたの？

——占い……。そんなようなもんじゃ。


典子は笑った。


——心配するのは判るけど大丈夫。亮はあれでもしっかりしてるから。

——ダメだ。

——電車に乗るまでは、あたしが見て降りるところは、おばあちゃんが見てくれるんだから大丈夫よ。

——電車に乗っているときが危ないんだよ。

――もう、おばあちゃんったら。チケットも買ってあるんだから今さらやめられないわよ。


典子は一方的に電話を切った。

「おばあちゃんは心配してるのよ」

典子は苦笑して見せた。

「ぼく、絶対に一人で行くよ」

「わかってる」

典子は食卓に戻った。

*

里津子は受話器を握りしめたまま呆然としていた。

(どうして信じてくれないのか)

どうすればいい？　このままでは亮は電車に乗ってしまう。それは、なんとしても阻止しなければならない。だけど電話でいくら言っても信じてもらえないのだ。

(行くしかない)

里津子はそう思った。電話で信じてもらえないのなら自分が東京に行って力尽くで亮が電車に乗るのを阻止するのだ。そうしなければ亮が死んでしまう。里津子はすぐさま行動に移った。

＊

息は上がり足が痛くなった。里津子は東京に向かう電車の中で、しきりに右足をさすっていた。

（がんばるんだ。亮の命が懸かってるんだ）

電車が東京に着いた。

（痛）

座席から立ちあがろうとしたとき足に激痛が走った。里津子は顔をしかめた。

（なんのこれしき）

里津子は心の中で呟《つぶや》くと痛む足を押さえて立ちあがり出口に向かって歩きだした。ゆっくりとホームに足を下ろす。息が上がってホームのベンチに腰を下ろした。駅の時計に目を遣る。

（まだ間に合う）

亮が家を出るまで、あと二時間弱。

駅が広すぎて、どこがどこだかよく判らない。里津子の頭は混乱した。

(改札はどっちだ)

(しっかりしろ。亮の命が懸かってるんだぞ)

だが里津子は駅の中で方向に迷い改札ではなく、また別のホームに出てしまった。里津子は線路側に進み電車が入ってくる方角に首を伸ばした。出口を探そうとしたのだ。見つめる先から音がした。ホームに電車が入ってくるようだ。

(いけない、いけない)

里津子はその場を立ち去ろうとした。相変わらず足と心臓が痛むが里津子は歩きだした。里津子の耳に大音響が押しよせた。電車が入ってきた音が里津子の耳には大音響に聞こえたのだ。里津子は耳を押さえた。眩暈《めまい》と耳鳴りが同時に襲ってきたのだ。そのとき軀《からだ》がよろけた。

「危ない!」

誰かが叫んだ。

里津子の軀がグラリと傾き線路側に倒れる。里津子が倒れたところへ電車が入ってきた。運転席のガラスの向こうに運転士の引きつった顔が見える。里津子は電車に飛びこむ形になって命を失った。

＊

スマホの動画機能で自分の事故死を見ながら里津子は呆然としていた。

やがてディスプレイには里津子の死を知って嘆き悲しむ典子や亮の姿が映しだされた。

「典子、亮……」

里津子は涙ぐんだ。振りむいて幽子を見る。

「電車は止まったんだね」

幽子は頷いた。

「そうです。里津子さんの事故で電車は止まって亮君が乗ることはなくなりました」

「それでいい」

里津子は満足の笑みを浮かべた。

「ありがとうよ」

里津子の記憶が薄れてゆく。その中で典子の幼い頃のことだ思いだされている。

「典子……。生まれてきてくれて、ありがとう」

亮の命を救うことは典子の悲しみを阻止することでもある。里津子はその二つの偉業を成し遂げた。

里津子は目を瞑《つぶ》った。新しい世界が生まれ里津子は消えつつあった。その様子を見ると幽子は里津子に一礼して踵を返した。

第九話　たった一つのいいこと

中島優真《なかじまゆうま》の運命は蝶野美羽《ちょうのみう》に握られていた。

(今日の蝶野さんは、どっちだ?)

中島優真は不安な気持ちで蝶野美羽の登場を待った。中島は日本でも有数の広告代理店の営業部に勤めていた。いや世界でも有数と言っていいだろう。そのことに中島は誇りを感じていた。そう。働き始めた頃《ころ》は……。

中島は今年、二十九歳になる。背もそこそこ高く顔も男らしいと言われる。できれば正社員としてバリバリ働きたいが今の会社には派遣社員として勤めている。働き始めて二年が過ぎ仕事にも慣れた。会社には寮が完備されていて中島は気楽な寮生活を送っていた。酒を呑《の》んだりスマホの新しい機種をすぐ買ったりと貯金は増えないが寮には門限などもなく簡単な決まりごとさえ守っていれば、まずまず快適な生活が保証されている。

それが……。このところ世の中が不況になって中島が勤める会社でもリストラが始まった。まずは正社員ではなく中島のような派遣社員が次々と切られてゆく。

社員たちは派遣社員も含めて定期的に人事部長との面談がある。切られる社員は、その面談の席で契約打ちきりを告げられるのが通例だった。

（次は誰《だれ》の番だ？）

派遣社員の間には恐怖のロシアンルーレットの輪が広まっているのだ。その結果を、いち早く知らせるものは蝶野美羽の表情だということに中島は気づいていた。

蝶野美羽は人事部に所属する正社員である。今年、二十七歳になるはずだ。中島は蝶野美羽のことなら大抵のことは知っていた。男性が多い営業部に定期的に顔を見せる蝶野美羽の存在は、まるで泥濘《ぬかるみ》に迷いこんだ一羽の美しいチョウだった。

身長は百六十センチぐらいだろう。並べば長身の中島とも釣りあいが取れるはずだ。足が悪いらしいが仕事や日常生活に支障はないようだ。顔は美人というより、どちらかといえば可愛《かわい》らしいタイプだった。なによりいいのはその笑顔だ。蝶野美羽は、いつも満面の笑みを湛《たた》えていた。その笑顔に派遣社員たちは、みな参っていた。いや、参っていたのは派遣社員ばかりではない。正社員も、みな美羽の笑顔には癒《い》やされているだろう。その男性社員が独身であれば美羽とつきあいたい、できれば結婚したいと思っても不思議ではない。

中島も美羽のことが好きになった男の一人だった。ただ、美羽の父親は政府高官（国家公安委員会という噂《うわさ》だ）で、よほどの男でないと気後れしてしまうことも確かだ。

美羽が営業部にやってきた。中島は美羽の顔を見る。今日は中島が部長室の面談に呼ばれる日だ。その内容を美羽は仕事柄、予《あらかじ》め知っている。そして心優しい美羽は誰かが解雇されるときには笑顔を見せることができない。

「中島さん」

美羽が中島に声をかけた。その顔に笑みはない。

「部長がお呼びです」

中島は自分が解雇されることを知った。

＊

中島は夜の街をさまよい歩いていた。

（寒い）

中島は両腕を軀《からだ》に巻きつけて精一杯、暖を確保し寒さを防ごうとしている。

三か月前、勤めていた大手広告代理店を馘《くび》になった。寮も追いだされた。貯金をしてこなかった中島はアパートに引っ越す金もなく路頭に迷った。

（路頭に迷う……という言葉通りのことが実際に起こるとは思わなかった）

言葉としては知っていたが自分には関係のない世界、あるいは活字の世界だけの表現だと漠然と思っていたのだ。それが……。

勤め先を馘になり寮を追いだされてみると恐ろしいことに住むところを見つけられなかった。

いま中島は路上暮らしをしている。すなわちホームレスだ。文字通り路頭に迷ったわけである。

（どうしてこんな事になってしまったんだ）

風が強く吹いた。中島は思わず軀を押さえている両手に力を入れた。楽しげなクリスマスソングも中島には恨めしい。

中島は背中にリュックサックを背負っている。僅《わず》かな着替えと筆記用具が無意味に入っている。価値の高いものは、おそらく携帯電話だけだろう。そのスマホの契約も料金を払っていないから、もうすぐ切れるはずだ。いや、その前に充電が切れてしまう。

それが中島の持ち物すべてだった。いわばリュックが家そのもので中島は家を背負って移動するカタツムリのような存在だ。

ネオンが煌《きら》めく夜の街を歩いているが当てはない。歩いていなければ凍えてしまうから歩いているだけだ。

コンビニを見つけた。中島は思わず中に入った。コンビニは砂漠のオアシスのような存在だった。夏は涼しく冬は暖かい。だが中島は、すぐに店員に追いだされた。いつも利用しているから中島はブラックリストに載っているのだ。

中島は、また夜の街に放りだされる羽目に陥った。

（あの時だ。あの時しっかりやっていれば、こんなことにはならなかった）

中島は心から後悔していた。だが今さら後悔しても遅い。

（もう、どうなったっていい）

中島は自暴自棄になっていた。いや、それより悪い。気力を失っていた。やけになるだけのエネルギーもないのだ。

「やり直したいの？」

ふいに背後から声をかけられた。中島はビクッと軀を震わせて立ちどまった。おそるおそる振り返る。そこには可憐《かれん》な少女が立っていた。いや。少女と呼べる年齢なのかどうか判《わか》らない。その女性はフード付きのコートを着ていて頭にそのフードをすっぽりと被《かぶ》っていた。だから髪の毛は僅かしか見えず卵形でツルツルとした顔そのものしか見えないのだ。

（美人だ）

中島はそう思った。目がパッチリしていて輝いている。女性はその目で中島を真《ま》っ直《す》ぐに見つめてくる。

（こんな若くて美人の女性が、いったい僕に何の用だろう？　道を訊《き》きたいのかな？）

そう思ったが女性は「やり直したいの？」と言った。これは、いったいどういう意味なのか……。

「あの……」

「後悔しているんでしょう？」

中島は返事ができない。事態がよく飲みこめないのだ。

「あなたは誰ですか」

「無量小路幽子」

「ムリョーコージ？」

「ユウコ」

着メロが鳴った。中島のスマホである。中島はスマホを取りだそうかどうか迷った。今さら自分に電話だろうがメールだろうが、よこす相手などいないと思ったからだ。

「鳴ってるわよ」

幽子に言われて中島は背中のリュックを下ろしスマホを取りだした。メールが入っていて送信者は〝無量小路幽子〟とある。中島は目の前の女性を見た。

「あたしが送ったの」

「どうして……」

自分のアドレスを知っているのか？　その疑問を途中まで口にしながら、すでに中島は好奇心に流されるままメールの文面を確認していた。

──過去の自分に一度だけメールを送れるとしたら、あなたはいつの自分に、どのようなメールを送りますか？


中島は顔をあげた。

「何だこれは」

「書いてある通り」

幽子はニッと笑った。

「過去の自分にメールを送れるのよ」

「くだらねえ」

中島はスマホケースを閉じた。

「もう一度、最後まで読んでみることね」

そう言うと幽子は去っていった。

＊

中島が今までの人生の中で最も後悔していることは……。大学を卒業しなかったことだ。それ以外に考えられない。

中島は昨日と同じ時間、同じコンビニの前にやってきた。

メールは本物だった。そう判断せざるを得ない。メールにはフィギュアスケートの大会に出場した選手の成績が事細かく記されていた。昨日、無量小路幽子と会った時点では、まだ行われていない昨夜の大会。羽生結弦《はにゅうゆずる》、宇野昌磨《うのしょうま》、パトリック・チャン、ネイサン・チェン、ザギトワ、メドベージェワ……。それらの選手の得点と順位、誰が転倒したか。そして演技の最中に棄権した選手……。

（こんなこと予め知っていなければ当てられるわけがない）

ほかの選手の成績も、すべて当たっていた。

（過去の自分にメールを送ろう）

中島は決心した。

自分の人生の分岐点……。それは、あの事をおいてほかにない。

大学に入ったばかりの頃は希望に満ちていた。だが消極的な性格のせいか友だちができず大学にいても、あまりおもしろくなくなり授業をサボりがちになった。

本格的に授業に出なくなったのは二年生の時だ。六月一日。よく覚えている。朝からパチンコをして有り金を全部すった。それが中島の自暴自棄人生のスイッチを押した。イライラしてパチンコ店を出た直後に羽が傷ついて飛べなくなったのか道端に蠢《うごめ》いていたチョウを踏み潰《つぶ》したことをよく覚えている。

翌日から中島は全く授業に出なくなった。大学に行っても、つまらないからだ。四年生までその調子で当然のように、そのまま何年かして除籍になった。

生活していかなければならないから、なんとか就職口を探したが希望する職種にはつけなかった。中島が希望していたのは企画などの仕事だが採用されそうなところは営業職ばかりだった。消極的な性格の中島にとって営業は明らかに向いていなかった。

(だから派遣切りにあったんだ)

どの会社でもうまくやってゆけず中島は派遣会社に登録して気長に自分に合った会社を探すことにした。

大手広告代理店にもぐりこめたのは本当にラッキーだった。その会社で蝶野美羽という高望みではあるが好きな人もできた。

だが……。不況の波はその大会社をも直撃して中島はその会社を馘になり挙句の果てにホームレス生活を余儀なくされた。

(きちんと大学を卒業するんだ。僕のつまずき人生の原点はそこだ)

中島は確信していた。学生時代にサボっていたから希望する職種に就けず人生の迷い道に踏みこんでしまった。

(サボらず卒業さえすれば僕の人生は変わる)

それは間違いのないことに思えた。

「決心がついたみたいね」

ボンヤリしていると無量小路幽子に声をかけられた。

「本当に過去の自分にメールを送れるのか？」

「送れるわ」

幽子は断言した。

「その前に」

幽子はスマホで中島の写真を撮った。

「どうして僕の写真を？」

「記念にね」

幽子は頰笑《ほほえ》んだ。

「過去の自分が行動を変えれば今のあなたの状況も変わるわ」

「今の僕はどうなる」

「消えるわ」

「消える？」

「新しい人生が始まるのよ」

「そのことを僕は……」

「見られるわ。あなたのスマホの動画機能に自動的にアップされる」

中島は頷いた。

「このスマホを使って」

幽子は中島の顔写真を撮ったスマホを中島に渡した。

「自分の名前を書いてアットマーク。それに送りたい日付よ」

中島は言われるままにアドレスを打ちこむ。そして文面……。文面は考えてきた。


——いいか、よく聞け。僕は未来のお前だ。


そこから始まって、このメールが本物であること、きちんと大学を卒業することを自暴自棄になっている過去の自分に伝える。だが……。文章を打ちこもうとしたとき、すべてがバカらしく思えてきた。

（こんなことをして何になる）

中島の自暴自棄はこの期に及んでもまだ続いていたのだ。


——チョウを殺すな。

それだけ書いて中島は送信した。

「ちょっと、何をしたの？」

幽子は明らかに焦っていた。

「あなた。自分の人生を変えるチャンスなのよ」

「ああ」

「それなのに〝チョウを殺すな〟って何なの？」

「後悔しているんだ」

それは本当だった。

「僕の人生が狂い始めた日、僕はチョウを踏み潰した」

「それが何？」

「子どもの頃から僕は虫や魚や動物……つまり生き物が好きだった。たとえアリでも殺すなんて、とてもできない性格だったんだ」

消極的な性格は中島の優しい性格の裏面だったのかもしれない。

「だからってチョウを助けて何になるの？」

「あんたには関係ないだろ」

「困るわ」

幽子は困惑の表情を見せている。

「あたしは世界を変えていかなければならないのに……。もし世界が変わらなかったら」

「もう遅い」

中島は自分のスマホを出してディスプレイを見つめた。まだ動画がアップされた様子はない。

「映らないぞ」

「過去が変わらなかったのかも」

幽子は俯《うつむ》いて溜息《ためいき》をついた。

＊

中島優真はパチンコ台を眺めながら煙草《タバコ》を吹かしていた。

浪人して入った大学生活も一年が過ぎた。当初は希望に満ちていたが今は授業にも出ず毎日、パチンコをしている。単位も取れそうにない。

(このままだと中退か)

胸ポケットに入れていたスマホが震えた。メールが着信したのだ。中島はパチンコのハンドルから手を離しスマホのディスプレイを見た。送信者は〝中島優真〟とある。

(なんだこりゃ)

中島は文面を確認する。

——チョウを殺すな。

文面はそれだけだった。わけが判らない。誰かのイタズラだろうか？　自分で自分にメールを送った覚えはないから、イタズラに決まっている。

（それにしても）

どういう類《たぐ》いのイタズラか意味不明だった。それに授業にあまり出ていない中島は大学に友人は、いなかった。

（誰だろう？　高校時代のダチかな）

考えても判らなかった。中島はメールを削除した。妙なメールが疫病神になったのか、すぐに玉がなくなった。金もない。中島は舌打ちをしてパチンコ店を出た。店を出たすぐの路上にチョウが飛べずに蠢いていた。ムシャクシャしていた中島は、そのチョウを踏み潰そうと足を上げた。そのとき先ほどのメールを思いだした。

——チョウを殺すな。

中島は上げた足を止めて、しばらくしてから元の場所に静かに下ろした。中島は心の中で溜息をついた。虫や動物が好きだった気持ちを思いだした。

（あのメール……）

不思議なメールだ。いったい誰が送ってきたのか。偶然とはいえ〝チョウを殺すな〟と書いてあったお陰でチョウを踏み潰さなくて済んだ。

中島はしゃがんでチョウの羽をソッと摘《つま》んだ。立ちあがってチョウを目の高さに持ってきてよく見ると羽の片方が折れていた。

中島は辺りを見回した。前方の道端に花が咲いているのが見えた。中島は、その花まで歩いてゆきチョウをソッと花の上に置いた。チョウはうれしそうに（中島にはそう見えた）蜜《みつ》を吸った。中島は久しぶりに頬笑んだ。

（大学に入ってから、ろくなことをしてこなかったけどチョウを助けたのは、たった一つのいいことかもしれない）

帰ろうとしたとき草陰に何かが落ちているのが見えた。中島は手を伸ばしてそれを拾った。ピンクのスマホだった。

（誰かが落としたんだ）

中島はスマホを見た。電源はオフになっている。オンにすると電池の棒は一本だけ立っていた。本人のデータを呼びだすと持ち主の名前が〝蝶野美羽〟という人物であることが判った。読み方はおそらく〝ちょうのみう〟だろう。イエ電の番号も登録されていたから中島はその番号にかけてみた。

――はい、蝶野です。

年輩の男性の声だ。

――あの。携帯電話を拾ったんですが。

相手は無言だ。

――落とした人に返したいんですが。持ち主は蝶野美羽となってます。
――私の娘だ。
――そうですか。お嬢さんはいらっしゃいますか？
――入院している。
――え？
――交通事故に遭ってね。携帯電話は、そのときに落としたんだろう。
――そうだったんですか。お嬢さんの容態は？

――自転車に乗っているとき脇見《わきみ》運転をしていた車にぶつけられたんだが幸い命に別状はない。それより娘の携帯電話を拾ってくれてありがとう。

――いえ。

――もしよければ私は今日、娘の見舞いに病院に行くが、そこに持ってきてくれないかね?

中島は今日の予定を考えたが、あるはずもなかった。

――いいですよ。

――助かる。では新宿総合病院の一階受付の辺りに、そうだな、午後四時では?

――判りました。

お互いの服装などを確認して中島は電話を切った。しばらく街をフラフラして時間を調整してから電車に乗った。

病院に着くと目当ての男性はすぐに見つかった。品のいい紳士だ。

「蝶野です」

紳士は丁寧に挨拶《あいさつ》をした。中島は拾ったスマホを渡して立ち去ろうとした。

「待ちたまえ。君の名前などを教えてくれ」

「中島です。星城大学の学生です」

「なに」

紳士は驚いた顔を見せたが、すぐに笑みを浮かべた。

「私の後輩だ」

「え、そうなんですか」

「学部は？」

「文学部です」

「そうか。私は政治経済だったが」

中島は緊張して身を固くした。

「そう畏《かしこ》まらなくてもいい」

蝶野は笑みを浮かべたまま言った。

「何かお礼をしたいんだが……。食事でもどうだね？」

中島は一瞬、返事ができなかった。お礼をされるのはある意味、当然とも言えたが食事の相手が初対面で、しかも年輩の男性となると気が引ける。

「遠慮するな」

蝶野は強引に話を進める。

「これを娘に渡してくる。それまで、ここで待っていてくれ」

そう言うと蝶野はピンクのスマホを中島に示した。中島は曖昧《あいまい》に頷いた。

＊

中島は蝶野氏と出会えたことは良かったと思っている。

（あのころ僕は大学をやめる寸前だった）

蝶野氏と食事をしながら大学の話をいろいろ聞かされた。せっかく入ったのだから卒業しなさいと諭されたこと。それを機に中島は少し心を入れ替えた。今までサボりがちだった授業に出るようになったのだ。母校の大先輩と食事をしたことが授業をサボりにくくした。結果、中島は留年しながらも、なんとか大学を卒業することができた。二年生の頃のやる気のない自分を思いだすと卒業できたときは晴れがましい気持ちになった。

そして今……。

中島は大手広告代理店に正社員として入社した。同期の女性社員には美人が多かったが中島は少し足の悪い蝶野美羽という娘にいちばん惹《ひ》かれた。一目惚《ひとめぼ》れといってもいい。

（あの子を狙《ねら》うライバルは多そうだ）

でも負けたくない。仕事も恋も。

「あの」

蝶野美羽に話しかけられた。

「中島さんて、もしかして星城大学の？」

「え？　そうだけど」

「やっぱり。わたし前にスマホを届けてもらった蝶野美羽です」

「あ」

「その節はお世話になりました」

「いや」

迂闊《うかつ》にも、そのことに気づいていなかった。考えてみれば〝蝶野〟という苗字《みょうじ》は、そうそうあるものではない。

「あの時わたし、事故に遭って足をケガして」

蝶野美羽の足が悪いのは、その時の事故によるものだった。

「同じ会社ですね」

「そうだね」

中島は軀の中心から気力が漲《みなぎ》ってくるのを感じた。美羽の笑顔を見ながら中島は、なぜか〝このチャンスを絶対に逃してはならない〟と強く感じていた。一度きりの人生なのに、まるで〝たった一度だけやり直すことができた二度目の人生〟であるかのように。

＊

中島優真は自分のスマホの動画機能で、変化した過去を見届けた。

「僕の人生が変わった」

人生が変われば古い中島優真の存在は消える。

「よかったわね」

無量小路幽子はニッコリと頬笑んだ。街にはクリスマスソングが流れている。

「生き物は大切にしておくものね」

中島優真が消えた。だが道行く人は誰もそのことに気づかない。中島優真が消えた後にネオンの灯《あか》りに惑わされたのか夜だというのに一羽のチョウがヒラヒラと舞っていた。

第十話　メールを信じすぎて……

森山知子《もりやまともこ》は大通りの歩道で、でんぐり返しをした。

通行人がギョッとして知子を見る。知子は何気ないふうを装って立ちあがり、そして……。立ち尽くした。

(すべてが判《わか》った)

寒風が吹きすさぶ二月中旬。

知子は三十四歳。小柄だが可愛《かわい》らしい顔立ちをした女性で二年前まで長野県で暮らす専業主婦だった。

(わたし、何をやってたんだろう)

でんぐり返しをしたことで頭の中が少し回転したのか怪しげなカルト教団に入ってからの二年間を冷静に振り返ることができた。そしてその教団は何から何までインチキだということも。

ラインの着信音がした。知子はバッグからスマホを取りだした。送信者は夫の光太郎《こうたろう》である。知子は文面を確認する。

——自己破産した。もう君を助けることはできない。

知子の躯《からだ》が震えだした。

（ごめんなさい）

心の中で光太郎と小学四年生になる一人息子の来人《らいと》に謝った。だが謝っても謝りきれるものではない。

（できることなら一からやり直したい）

でも、それはもう叶《かな》わぬ夢なのだ。

「やり直せるわ」

知子の背後で若い女性の声がした。振りむくと二十二、三歳だろうか、美しさと可愛らしさを兼ね備えた魅力的な女性が知子を見つめていた。

（わたしに話しかけたのだろうか？）

だが知子はその女性を知らなかった。

「《女神の御霊《みたま》》に入ったことを後悔しているんでしょう？」

知子は返事ができない。その通りなのだが、そう話しかけられたのが、あまりにも突飛なことに思えて咄嗟《とっさ》に返事ができなかったのだ。

知子は《女神の御霊》から捨てられた。それは教団が、もう知子から金をむしり取ることができないと判断したからだった。知子は無一文になって路上に捨てられたのだ。

「過去の自分に一度だけメールを送れるの」

「え?」

「タイムメールっていうのよ」

「タイムメール?」

女性はニッコリと笑みを浮かべた。

「なにそれ」

知子は知らずに訊《き》き返していた。見ず知らずの女性だ。それも話している内容が怪しすぎる。でも知子は、もともと警戒心が人よりも希薄だった。

「言った通りよ。あたしは過去にメールを送ることができるの。その権利をあなたに譲る
「わ。ただしメールを送れるのは一度だけ」

女性の言っている事がよく判らなかった。

「立ち話もなんだから喫茶店にでも入りましょうか」

女性の言葉に知子はコクンと頷《うなず》いていた。

＊

知子はもともと占いが好きだった。スマホを使って占いをテーマにしたブログを綴《つづ》っている程だ。

来人という息子の名前も、もちろん姓名判断を徹底的に調べて決めた。

夫の光太郎は三十八歳。中肉中背で、これといって特徴のない男だが星占いでは知子と相性がピッタリだった。

二人は二十代のころ知子の女友だちがセッティングした、いわゆる合コンで知りあった。四人対四人の気軽な合コン。その中で光太郎は、まあまあハンサムな方だった。知子と光太郎は血液型の話で盛りあがった。知子がA型。光太郎がO型だった。

光太郎の会社はＩＴ系で、そのことも知子には輝いて見えた。二人は意気投合し短い交際期間を経て結婚した。だが……。

華やかに見えたＩＴ系の会社も残業、残業の連続だった。ライバル会社たちとの過当競争で受注した仕事も値引きを続け、そのあおりで給料も安い。

光太郎は多忙で、ろくに知子の相手をしてくれない。知子は新婚早々、淋《さび》しさを抱えることになった。

それでも一人息子の来人が生まれると知子は子育てに忙しくなった。知子は夫との時間を持てない空《むな》しさを来人にぶつけることによって紛らわせようとしたのかもしれない。

「来人君の様子が、おかしくなったのね」

女性が、すべてお見通し、とばかりに断定した。

(この人は、いったいどうして色々なことが判るのだろう?)

知子は不思議でたまらなかった。

「おかしくなったわけじゃないわ」

二人は喫茶店で向かいあって坐《すわ》っている。知子はココア、女性はコーヒーを飲んでいる。

女性は無量小路幽子と名乗った。

「ただ九九を覚えるのが人より少し遅かっただけ」

遅いというより、ほとんど覚えられなかった。それを知ったときの知子の失望感は大きかった。

(どうして、わたしにだけ不幸が襲いかかるの?)

その疑問に直截《ちょくせつ》に答えをくれたのが新興宗教団体《女神の御霊》だった。

東京に本部があるこの教団は特異な教団で教義は踊ることだった。信者が集団で街中を踊り歩く。そのことによって邪気を祓《はら》い幸運を呼びこむ。時には、でんぐり返しもする。

躯を回転させれば幸せの運気はさらに上がる……。

そう教えられた。だが知子の心は、いつまで経《た》っても満たされることはなかった。

問題は教団が信者たちに対して高額の寄付を強いることだった。そのいかがわしさに皮肉なことだが、でんぐり返しをしたときに気づいた。

「どれくらい払ったの？」

「貯金全部よ」

初対面の相手だが、なぜか知子は素直に吐露することができた。

「あなたのご主人も、あなたを教団から救いだそうと奔走した」

知子は項垂《うなだ》れた。

夫は会社を休職し知子のために自分名義の貯金を切り崩し、それが底をつくと借金までして助けてくれた。その結果……。夫は来人を抱え自己破産した。知子が怪しげなカルト教団に入信したせいで、すべてを失った。

「やり直せるものなら、やり直したいわ」

「できるって言ったでしょ」

幽子が知子の手に自分の手を重ねた。

「でも……」

「このスマホを使えば過去の自分にメールを送れるの」

幽子がバッグからスマホを取りだした。白い機種で見たことがあるような気もしたが、やはり初めて見る機種のようだ。

知子のバッグの中で着信音が鳴った。知子は自分のスマホを取りだした。見るとメールが着信している。送信者は〝無量小路幽子〟とある。

「これは……」

「あたしが送ったの」

知子はすぐに文面を確認する。


——あたしは無量小路幽子。未来から過去のあなたにメールを送ります。


知子は顔をあげて幽子を見た。

「続きを読んで」

幽子に言われて知子はまたスマホに視線を落とす。


——あなたしか知らないことを記します。あなたはSETが嫌いですね。


本当だった。SETは女性三人で構成されたアイドルシンガーユニットだ。SETの大ファンである夫の手前、自分もSETが好きなふりをしていたが実は嫌いだったのだ。そして、このことは自分しか知らないはずだ。

「どうすればいいの?」

思わず訊いていた。

「タイムメールを使う?」

幽子が訊き返すと知子は頷いた。

「使うわ」

藁《わら》にもすがる思いだった。でもあの時も、そうやって失敗した……。

知子は簡単に人を信じてしまう傾向があるし怪しげな話に対する警戒心も人よりも希薄だ。それは人に対する優しさが原点にあるはずだ。だが、それは生き馬の目を抜くような現代社会では不利になることもある特質だった。

「《女神の御霊》に入信したときのことを考えているのね」

知子は少し怖くなった。

「どうして判るの?」

幽子は微《かす》かに笑った。

「判るようになったのよ」

幽子はそれ以上は答えなかった。

「大丈夫。タイムメールは《女神の御霊》とは違うわ。あなたにお金なんか要求しない」

「じゃあ何を?」

「写真を撮らせて」

「え？」

何か悪いことに使われるのではないだろうか？

「安心して。あなたの顔を忘れたくないだけなの」

もう幽子はスマホのカメラ機能を作動させてレンズを知子に向けていた。知子がどうしたらいいのか考えているうちに〝カシャ〟というシャッター音が聞こえた。

「さあ、これで取引成立よ」

そう言いながら幽子がスマホを知子に渡す。知子はそれをおそるおそる受けとった。

「自分の名前を書いてアットマーク。それに送りたい日付を西暦で書くの」

知子は考えた。いつの自分に送ればいちばん効果的なのだろう？

（そうだ。あれは……）

街を歩いているとき《女神の御霊》の信者に勧誘されたのだ。

（あれはたしか……）

二年前の三月十二日だ。来人が楽しみにしている漫画月刊誌の発売日だからよく覚えている。

知子はアドレスを打ちこんだ。

（後は文面だけど）

知子は必死で文面を考えた。ラインやブログの文章にも、いつも苦労する。だが今回は自分の人生がかかっている。知子は必死になって文章を打ちこんでいった。

――あたしは森山知子。未来のあなた自身よ。あなたはいま《女神の御霊》に入信しようとしている。でもダメ。絶対に《女神の御霊》に入っちゃダメ。

あなたが今日《女神の御霊》に入信しようとしていることを当てただけで、このメールが本物だということは判るでしょ。疑うのなら、このメールが本物だという証拠をもっと見せるわ。これから世間で起きることを列挙する。それが外れたら、そのときには入信すればいい。とりあえず今日は入信するのはやめて。

知子は自分のスマホをネットに繫《つな》ぎ過去のニュースを検索してそれらを打ちこんでいった。

「終わった？」

知子は頷いた。

「じゃあ送信して」

「それで過去の自分に届くの？」

「届くわ」

知子は送信しようとする。だがなかなか送信することができない。

「どうしたの？」

知子は幽子を見た。

「幽子さん。あなたは、どうしてこんな事をしているの？」

幽子はどう答えようか考えているのか、しばらく無言だった。

「タイムボウを探しているの」

ようやく口を開いた。

「タイム棒？」

「ボウはレインボウのボウ……つまり時の虹《にじ》よ」

「時の虹……。それは何？」

「時間の虹。本物の虹のように目に見えるの。極彩色の虹よ」

「それを探してどうするの？」

「それを見つけることができたら……」

幽子はニッコリと笑った。

「もう時間がないわ。送信して」

知子は頷いた。自分の人生を変えるしかないのだ。知子は息を吸いこむと送信した。

＊

森山知子は切羽詰まっていた。

（人生を変えたい）

それが知子の切実な願いだった。占いで相性が合うと思って喜び勇んで結婚した光太郎は結婚した途端に知子には見向きもしなくなり、ようやく授かった一人息子の来人は九九も覚えられない。

（誰《だれ》か助けて）

藁にもすがりたい。そんな心境で知子は長野の繁華街を歩いていた。

「悩みがありそうね」

とつぜん話しかけられた。相手は三十代なかばらしき小綺麗《こぎれい》な女性である。

「あなたは誰？」

「悩みから救ってあげられるわ」

そう言うと女性はバッグから名刺を取りだして知子に渡した。

「めがみの、みたま……」

名刺には《女神の御霊》松本支部長と書かれていた。

「あなたの悩み、きっと解決してあげられる」

「どうすればいいんですか？」

知子は思わず尋ねていた。知子が話に乗ってきたことが判ると女性はニッコリと笑みを浮かべた。

「今から？」

「教団の施設に来てちょうだい」

女性は頷いた。知子はホッとした。

（これで救われる）

そう思った。少なくとも悩みを誰かに聞いてもらえる。二人は歩きだした。

「近いんですか？」

「もうすぐよ。出張所がビルの一室にあるから、そこで入会の手続きをして」

知子はさして考えもせずに頷いていた。

「ここよ」

女性が指したビルは近代的な高層ビルだった。

スマホの着信音が鳴った。メールが届いたのだ。知子はバッグからスマホを取りだし送信者を確認する。〝森山知子〟とある。

（何これ）

自分の名前だ。知子は不審に思いながらも女性に断って文面を確認する。

——あたしは森山知子。未来のあなた自身よ。

ますますわけが判らない。

「どうしたの？」

女性が咎《とが》めるように訊いた。

「あ、いえ」

知子はわけも判らないまま文面を読み進める。

——あなたはいま《女神の御霊》に入信しようとしている。

知子は蒼《あお》ざめた。

（ウソ）

どうして判ったのだろう。

（そうだ。もしかしたらこの女性が……）

《女神の御霊》の特殊な力を使ってメールを送信したのかもしれない。だとしたら、やはりこの教団は人智を超えた力を持っている……。

（入信してもいいかも）

知子はそう傾いた。

(それを確かめるためにも、もう少し読んでみよう)

知子は足を止めたままメールを読み進める。


——でもダメ。絶対に《女神の御霊》に入っちゃダメ。


知子は虚を衝《つ》かれた。入っちゃダメとはどういうことだろう。

「いつまで見てるの」

女性に咎められた。

「さあ、もうスマホはしまって。早く手続きを済ませましょう」

「はい」

知子は言われるままにスマホをしまった。

*

知子はディスプレイに映る二年前の自分を見ながら愕然《がくぜん》としていた。

「スマホをしまったわ」

知子は視線を無量小路幽子に移した。

「未来は変わらない。タイムメールは無駄だったのよ」

「人生に無駄なんてないのよ」

幽子は落ち着いていた。

「だって……」

「あなたは、あのメールが気になっている。続きを見ないはずはないわ」

幽子に言われて知子は再びスマホに視線を落とした。

＊

入会申込書に署名しその横に拇印《ぼいん》を押した。その様子を見て女性がニッコリと笑う。

「これで、あなたは今日から《女神の御霊》の信者です」

女性は立ちあがった。

「教祖様に会わせましょう」

「え」

「今日は運のいいことに東京本部からこの松本支部に教祖様がおいでになっていらっしゃるのです」

言われるままに知子は女性の後について部屋を出て別の部屋に移った。そこで一人になって待たされた。手持ちぶさたの知子はスマホを取りだして先ほどのメールをもう一度見ることにした。気になっていたのだ。

――あなたが今日《女神の御霊》に入信しようとしていることを当てただけで、このメールが本物だということは判るでしょ。疑うのなら、このメールが本物だという証拠をもっと見せるわ。これから世間で起きることを列挙する。それが外れたら、そのときには入信すればいい。とりあえず今日は入信するのはやめて。

メールには明日以降に世界で起こる様々な事件が記されていた。南米でクーデターが起こる。中国ではバス事故。日本でも首都高でトラックが横転しクレーン車が倒れ天気は首都圏で珍しく雹《ひょう》が降る……。

知子はメールを呆然《ぼうぜん》と見つめた。

「何これ」

声に出して言った。

ドアが開いた。女性が、もう一人の年輩の女性を連れて戻ってきた。

「教祖の熊野《くまの》御堂《みどう》幻花《まやか》様です」

知子は言葉を失った。

（これが教祖）

思ったほど感銘は受けなかった。それは、もしかしたらメールのことが気になって気持ちがそぞろになっているせいかもしれない。だが、どうにも教祖からオーラを感じとれなかったのだ。

（これなら、わたしの方がましよ）

そんなことも思った。

「ようこそわが《女神の御霊》に」

教祖が芝居がかった口調で言った。

「あの」

「落ち着いて。教祖様にご挨拶を」

「今日は、これで失礼します」

「え？―」

女性が驚いた声を出した。

「まだ儀式は終わってないのよ」

「明日また来ます」

知子は、そそくさと部屋を出ていった。

＊　＊　＊　＊　＊　＊

施設内に教団幹部の若い男性が入ってきた。

「教祖様。入会希望者が来ています」

「今日も迷える子羊たちが来ているのですね」

「はい」

男は恭しく頭を下げる。

「わたくしが悩みを聞いてあげましょう。わたくしは誰よりも人の悩みが判るのだから」

男は部屋を出ていった。

＊　＊　＊　＊　＊　＊

知子はスマホの動画機能を使ってメールを見た後の人生を垣間見《かいまみ》ていた。

「たしかに変わったわ。わたしの人生」

幽子が頷く。

「これで良かったのかしら」

「それは誰にも判らないわ」

幽子が答える。

「でも新しい人生は確実にあなたの手で摑《つか》み取ったもの」

「そうね。これもまた人生。悔いはないわ」

知子の意識が薄れてゆく……。

＊

大勢の信者たちの前で森山知子は両手を掲げた。

「信者たちよ！」

知子は叫んだ。信者たちの間から歓声が沸きあがる。

「思いきり悩むが良い。それは明日への糧となる」

信者たちは口々に「教祖様」と呟《つぶや》きながら知子を拝んでいる。

(あの時わたしに神のお告げがあった)

知子は三年前のことを思いだす。

神のお告げはメールの形でやってきた。送信者は未来の自分となっていたが、それは神が判りやすい形をとったのだろう。

メールには未来に起こる出来事が列挙されていた。南米でクーデターが起こる。中国ではバス事故。日本でも首都高でトラックが横転しクレーン車が倒れ天気は首都圏で珍しく雹が降る……。

それらのお告げを知子は自分のブログで事前に〝予言〟として発表していた。そして、それは、ことごとく当たった。

(《女神の御霊》に入らなくて本当に良かった)

知子はもう少しで《女神の御霊》に入るところだったのだ。教団ビルの一室で申込書に拇印まで押した。そこで未来の自分からのメールにあった〝神のお告げ〟を見たのだ。

その後《女神の御霊》は詐欺で摘発された。病気が治るなどと称して信者たちから不当な金を受けとっていたのだ。

神のお告げを聞いた知子は自分で教祖となり《ＴＭ教団》という新しい宗教団体を立ちあげた。もともと悩み深かった知子は人の悩みもよく判り教祖として成功した。なにより
メールによって告げられた未来の出来事を〝予言〟として公表するだけで知子の信頼度は

高まる一方だったのだ。

今では夫も子も知子の本質をよく理解してくれ教団の運営に協力してくれる。

知子は自分で立ちあげた教団を私利私欲のために使うことなく信者の悩みを救済することだけに邁進《まいしん》すると誓っていた。だから国に多額の税金も納めていた。

宗教団体は一般企業に比べて税金面で非常に優遇されている。幼稚園経営などの事業所得には課税されるが布施など最大の収入源に関しては非課税だ。それゆえ信者たちが献金してくれる半端でない金がそのまま教団に入る。知子はその金を国のために役立てたいと思ったのだ。

(自分の教団だけ非課税の恩恵を被るのではなく入ったお金は税金という形できちんと国に還元して弱者のために役立ててもらいたい)

知子はそう思っていた。税金の納め方は弁護士と会計士に任せた。

神のお告げに記されていた〝予言〟は在庫切れとなったが信者たちの知子への信頼が揺らぐことはなかった。知子が私利私欲を捨て親身になって信者たちの悩みに向きあっているからだ。

(それにしても、あの時わたしが《女神の御霊》に入信していたら、いったいどんな人生を送っていたのだろう)

神のお告げによると悲惨な人生を送る羽目になっていたのだ。そして神のお告げは必ず当たっている。

（本当にありがとう）

知子は人知れず未来の自分からのメールに感謝を捧《ささ》げた。

第十一話　歪んだ英雄

愛知県瀬戸《せと》市で大量殺人事件が発生した。

――犠牲者は国会議員、坂口浩理《さかぐちひろみち》氏、六十三歳。その後援会会長の近智昭《こんともあき》氏、六十五歳、他……。

瀬戸市郊外で行われていた坂口浩理後援会の内輪の酒宴に男が乱入し、その場にいた七人を庖丁《ほうちょう》で刺殺し逃亡したようだった。

酒宴は坂口浩理氏の別荘で行われていた。その場にいた全員が殺され目撃者もいないため犯人は皆目、見当がつかない状態だ。

動機などは判《わか》っていない。犯人はその場から逃走したが、その後の足どりはほぼ解明されていると言っていいだろう。三か所の山小屋、廃屋などから被害者の血痕《けっこん》が発見されたのだ。犯人が浴びた返り血だと思われる。

まず殺害現場の瀬戸からほど近い足助《あすけ》という土地の山小屋。犯人はこの小屋で凶器である庖丁を捨てている。

次に血痕が見つかったのは足助から海の方角に南下した額田《ぬかた》という土地の廃屋だった。

最後に犯人の痕跡が見つかったのは渥美《あつみ》半島の海岸沿いに建つ、冬は使われていない、会社役員所有の別荘である。犯人はこの無人の別荘に忍びこみ棚にあったビタミン剤を大量に飲み、その後、別荘から続く入り江に置かれていたボートを奪い逃走したと見られる。

これだけの大量殺戮《さつりく》を行い多くの逃亡の痕跡を残しながら犯人の行方《ゆくえ》は杳《よう》として知れない。

＊

オレは大物だ。

長江《ながえ》英雄《ひでお》は、そう思っていた。ビルの谷間の階段に坐《すわ》り道行く人を眺めながら長江は思いに耽《ふけ》っていた。

長江は三十六歳。ヒョロリと背が高かった。東南アジアに行けばそのまま現地の生活に違和感なくとけこめそうな彫りが深い顔立ちをしていた。職業は雑誌のライターである。自己紹介するときにはジャーナリストと名乗っている。

自分を大物だと思うのには、それなりの根拠があった。長江は小学生時代から常に成績が良かったのだ。中学の時の成績は中間テスト、期末テストで、いつも学年十位までに入っていた。全学年で五四〇人ほど生徒がいたから、かなりいい成績だと言える。

高校も、それなりに偏差値の高い進学校に進んで上位三十パーセントの成績をキープし名古屋の一流大学に入った。

この頃《ころ》まで長江は粘り強い、何事も最後まであきらめない男だった。試験の時に判らない問題が出題されても最後まであきらめず懸命に問題に取りくんだ。その姿勢が長江をトップレベルまで押しあげてきた。

だが……。長江は一流大学に入れたことで慢心し、あまり熱心に勉強しなくなった。学生時代を通じて女性との遊びに精を出し、なんとかギリギリで卒業した。

就職は、どういうわけか面接であまり受けが良くなく、長江が当初、望んでいたような一流企業へは入れなかった。それでも、なんとか中堅の編集プロダクションにライターとしてもぐりこんだ。

思えばこの就職が長江の挫折《ざせつ》の第一歩だったのかもしれない。大企業ではなく中小企業ということで長江はくさり、真面目《まじめ》に仕事をする気になれず〝一発当ててヒーローになる〟という方針を心の中で立てた。

（こんな小さな会社でコツコツなんてやってられるか）

スクープをものにしてヒーローになる。最初はそう思っていた。だが回ってくる仕事は売れない週刊誌の穴埋め記事ばかりで、ますます長江は投げやりになっていった。

仕事を一生懸命やる気になれず同僚に悪態をつき酒を呑《の》んでは悪酔いして暴れ、やがて会社に居づらくなった。

——オレはヒーローに相応《ふさわ》しい一流の仕事を求めてるんだ。

そう言って長江はその会社を辞めた。

次に就職したのはやはり編集プロダクションだった。最初の会社より一回り小さな会社だった。そこでも長江は芽が出なかった。

次第に酒量も増し、通い詰めた酒場で同じく客としてよく顔を合わせていた女性とつきあい始めた。その彼女と一緒に暮らすようになり、やがて〝結婚〟という言葉も話題にのぼるようになる。だがある時あまり仕事をしない長江をなじったことが原因で長江はその女性の顔面を殴った。学生時代、ボクシングを少しかじっていた長江のパンチを受け女性は手酷《てひど》いダメージを受けた。女性は、翌日、長江の部屋から出ていった。

今の長江は就職はしていても稼ぎのないワーキングプアに陥っていた。

（くそ）

長江は常に世間から注目されたいと思ってきた。

（オレはヒーローなんだ）

ヒーローが小さな会社で燻《くすぶ》っていて、いいわけがない。

（世間の注目を集めるような活躍を見せれば……）

みんな長江の元に戻ってくるに違いない。部屋を出ていった女性も、長江を馬鹿にした、かつての同僚も……。

「ヒーローになれるわよ」

若い女性の声がした。顔をあげると綺麗《きれい》な顔をした女性が立って長江を見下ろしていた。この界隈《かいわい》に勤めるＯＬに見える。

（新人だろうか？）

女性は初々しい輝きに満ちていた。

「あんた誰《だれ》だ」

「無量小路幽子」

「ムリョーコージ？」

長江のスマホの着信音が鳴った。長江は胸ポケットからスマホを取りだす。メールが着信していて送信者は〝無量小路幽子〟とある。

「あんたか？」

幽子は頷《うなず》いた。長江は文面を開いた。

——過去の自分に一度だけメールを送れるとしたら、あなたはいつの自分に、どのようなメールを送りますか？


長江は視線を幽子に戻した。

「何だこれは」

「書いてある通りよ」

「馬鹿にしてるのか？」

「ええ」

幽子は頬笑《ほほえ》んだ。

「ふざけるな」

長江は立ちあがった。女性を殴ろうと思って手を上げた。

「続きを読んでみたら？」

幽子は平然と笑みを浮かべたまま言った。幽子の言葉に、わずかに冷静さを取り戻した長江は振りあげた拳《こぶし》を下ろしてメールの続きを読んだ。


——このメールは未来から送っています。あたしは過去にメールを送ることができるのです。その権利を一度だけ、あなたに譲ります。

長江は溜息《ためいき》をついた。初対面の女にまで、からかわれるようになったのか。

「何の真似《まね》だ」

「あなたは学力はありながらも、それをうまく活《い》かせていない。そんなあなたを見てると〝愚かだな〟って思うわ」

だからこの女性は長江の〝馬鹿にしてるのか？〟という問いに〝ええ〟などと答えたのか。

「余計なお世話だ」

「手助けをしてあげるわ。あなたは最後まであきらめない人だから見込みがある」

「手助け？　何を言っている？」

「あなたの人生を変えたいの」

「どうして」

「あと一人、必要なのよ」

「は？」

「こっちの話」

長江は、この場を立ち去ろうとした。

（おかしな女だ）

だが思いとどまった。長年培ってきたジャーナリスト精神を発揮する時だ。

(もう少しつきあってみるか)

ジャーナリストが好奇心をなくしたら、おしまいだ。どんな事でも仕事に結びつけるのがジャーナリストではなかったのか。些細《ささい》なことに思えても意外に重大な案件に繋《つな》がることもある。ほほえましいことに裏があったり逆境がネタになったり……。そう思って長江はメールの続きを読んだ。

——このメールが本物だという証拠に明後日《あさって》の新聞に載る記事をいくつか書き記します。

妥当な試みだと言えた。明後日の記事ではなく明日の記事だったら今日の段階で、すでに起きていることもある。その事件のことをたまたま知っていたら明日の新聞に載ることは判る。だが明後日の新聞に載る事件は基本的に明日、起こる事件だ。

長江は微《かす》かな興味と共に続きを読む。

——長崎県の中学で食中毒が発生。和歌山県の港にクジラが迷いこむ。千葉県の県立高校教師が電車内で痴漢行為……。

いろいろなことが書かれている。

それにしてもこの女性は何者なのだろう。なぜこのような手の込んだメールをオレに送りつけたのか。それに……。

「あんた、どうしてオレのアドレスが判った」

「あたしには判るの」

幽子は笑みを絶やさない。

「あたしのことを信じたら、もう一度、この場所に来て」

「もし、このメールに書いてあることが本当に起きたら、あんたのことを信じてもいい」

長江はそう言うとその場を去った。

＊

メールに書いてあることがすべて本当に起きた。

（あの女の言っていたことは本当だったんだ）

そうとしか考えられない。

（そうでなければ、あの女は本物の予言者ということになる）

だが予言者だったら、そのまま〝わたしは予言者〟と言えば済むことだ。それらの事実を考え合わせれば無量小路幽子の言っている通り過去にメールが送れると判断せざるを得ない。だとしたら……。

（オレはヒーローになれる）

長江の脳裏に十年前の、ある事件のことが浮かんでいた。

＊

長江は無量小路幽子に言われた通り同じ場所にやってきた。

「信じてもらえたようね」

「信じるよ。過去の自分にメールを送れるんだな？」

「送れるわ」

「もしそれが成功したらオレは、そのことをレポして週刊誌に発表する。いや。本を出版する」

「それは、できないわ」

「どうしてだ？」

「過去が変わったら今のあなたは消滅するんだもの」

「今のオレが……」

「そうよ。新しい人生に入れ替わるの」

「じゃあ、あんたと会ったことも……」

「忘れてしまうでしょうね。いえ。新しいあなたは、あたしと出会わないのよ。未来の自分からメールをもらうだけ」

「だったら、きっとジャーナリストのオレは未来の自分からのメールをレポして発表する」

「メールは読んだ後に自然消滅して証拠が残らない。メールをもらった記憶も曖昧《あいまい》になる」

「そうか」

長江は少し気落ちした。

「でも過去の自分がそのメールを信じて行動を起こせば確実に人生がいい方向に変わるわ。あなたの望んでいるヒーローになれる可能性が生まれるのよ」

自分がヒーローになれる……。その方法を長江は昨日一晩、考え抜いて思いついた。それは十年前、愛知県で起きた未解決の大量殺人事件の犯人を捕まえることだった。

このところ、残虐な殺人事件を起こした犯人が立て続けに殺されるという不可思議な事件が起きている。その犯人は判明していないが十年前に愛知県で起きた大量殺人事件の犯人と同一ではないかと言われているのだ。

その犯人は十年前、国会議員である坂口浩理ほか六名を庖丁で刺し殺し、そのまま逃走。まだ捕まっていないどころか、その正体も判っていない。だが……。

犯人を捕まえる方法が一つだけあった。それは犯人が犯行から逃走にかけて痕跡を残した四つの場所のうち三番目の廃屋で待ちぶせすることだ。

(そこなら犯人は凶器を持っていない。さらに疲労困憊《こんぱい》しているはずだ)

そこにスタンガンなどの武器を持って立ちむかえば……。

根拠はあった。犯人の行動が判明している一番目の場所は、もちろん事件を起こした愛知県瀬戸市にある坂口氏の別荘だ。犯人が立ちよったと目される二番目の場所は、そこから南東に行った足助の山小屋だ。ここで犯人は凶器である庖丁を捨てている。三番目の場所は、さらに南下した額田という場所の廃屋。

最後は渥美半島にある会社役員の別荘で犯人はここで大量のビタミン剤を飲んでいる。つまり犯人は逃走中、疲労困憊していたことが考えられるのだ。だからその疲労を回復しようとビタミン剤を大量に飲んだ。

ということは……。犯人が三番目に行った額田の廃屋で待ちぶせしていれば犯人を捕まえることができるだろう。犯人は二番目に行った足助で凶器を捨てている。額田の廃屋にいるときには疲労困憊した状態で、しかも凶器を持っていない。そういう状態の犯人なら、こちらが万全の準備をして臨めば確保することができるに違いない。

（そうすればオレはヒーローになれる）

警察も発見していない大量殺人の犯人を捕まえるのだ。

「本当に過去の自分にメールを送れるんだろうな」

「送れるわ」

「やり方を教えてくれ」

「その前にあなたの写真を撮らせて」

無量小路幽子は自分のスマホで長江の写真を撮ると、そのスマホを長江に渡してやりかたを説明した。

「文面は考えてきたの？」

「ああ」

「順番を間違えないでね」

「順番？」

「ええ」

「何の順番だ」

「いろいろ」

「大丈夫だ」

長江は文面を淀《よど》みなく打ちこんでゆく。仕事柄、書くことには慣れている。

――オレは未来の、十年後のお前だ。これは冗談ではない。その証拠は後から書く。とりあえず今から書くことを実行しろ。お前は国民的ヒーローになれる。

長江は一息ついた。

――三月十二日。瀬戸市郊外で大量殺人事件が起きる。国会議員の坂口浩理や、その後援会会長などが殺される。犯人は捕まらない。それをお前が捕まえるのだ。

長江はそのやり方を記した。最後に、このメールが本物であるという証拠を書いて結びの言葉を書いた。

――このままだと、お前の人生は、ろくでもないことになる。必ず実行するんだ。

長江は幽子を見た。

「書けたの？」

「ああ」

「じゃあ送信して」

長江はしばらくスマホを見つめていたが、やがて送信した。

＊

二十六歳の長江はクサっていた。毎日毎日、おもしろくない事ばかりが起こる。

（どうしてなんだ）

納得がいかない。

（オレは特別だ。世間の注目を集めるべき人間なんだ）

だが、その兆しは全くなかった。

（どうすりゃいいんだ）

スマホの着信音が鳴った。長江は面倒くさそうにスマホを取りだすと送信者を確認した。

〝長江英雄〟とある。

（なんだこりゃ）

長江は文面を確認した。

――オレは未来の、十年後のお前だ。これは冗談ではない。その証拠は後から書く。とりあえず今から書くことを実行しろ。お前は国民的ヒーローになれる。

不思議な感覚に包まれた。異様な出来事だ。もちろん誰かのイタズラだとは思う。だが、それにしては〝ヒーローになる〟という長江の内面の願望にまで踏みこんできている。長江は続きを読んだ。そして第一文を読んだときの不思議さは消えるどころかますます強まった。

——最後に、このメールが本物だという証拠を示す。お前は子どもの頃、仮面ライダーを虐《いじ》めた。

長江はギョッとした。まだ小学校低学年のころ友だちから仮面ライダーのフィギュアを借りた。そのフィギュアを長江は高いところから落としたり唾《つば》をかけたりして虐めたのだ。クラスでも人気のあった、その友だちに嫉妬《しっと》していたせいかもしれないし全国的に人気のあったヒーロー、仮面ライダーそのものに嫉妬していたのかもしれない。フィギュアは洗って返したので長江の行為は友だちには知られていない。長江本人しか知らないはずだ。

(どうして知ってるんだ。こんな古いこと)

メールはまだ続いていた。

――念のために明日行われる市長選挙の各候補者の得票数を記しておく。

六人の候補者の得票数は最後の一桁《けた》まで細かに記されていた。

(当たるわけがない)

これがすべて当たれば、このメールが本物だと断定せざるを得ない。

(メールが本物だったらオレはヒーローになれるかもしれない)

だが未来から来たメールが本物だという可能性は万に一つもないだろう。

(とりあえず明後日の新聞でも読んでみるか。話はそれからだ)

たとえイタズラであっても、おもしろい記事に発展する可能性もある。

長江はスマホケースを閉じた。

＊

長江は額田に向かって車を走らせていた。

(オレはヒーローになる)

長江の心臓は今までにないほどの強い鼓動を響かせている。メールに書かれていた市長選挙の得票数は、すべて当たっていた。これは結果を事前に知っていなければ絶対に書けないことだ。つまりメールは本物だということだ。

(未来のオレが今のオレに送ったメール)

それは切実な内容だった。ヒーローになることを夢見ていた長江だがメールによるとヒーローどころか、うだつの上がらないまま中年を迎えるらしい。三十六歳になって金もなく、彼女には暴力を振るい、その彼女に逃げられ……。

(そんな人生は厭《いや》だ。オレはヒーローになる。このメールを、未来のオレを信じる)

そのメールには前日に、愛知県瀬戸市で起きた大量殺人事件の犯人の隠れ場所が記されていた。しかも犯人は、そこに行くまでに凶器である庖丁を捨てている。メールには疲労困憊した犯人が武器を持たずに潜伏している隠れ場所が記されていた。その場所が額田なのだ。

メールは本物だと長江は確信していた。だとしたら犯人は手ぶらでブルブル震えながらメールに記されている場所に隠れている。

(そこに武装したオレが乗りこめば……)

勝機は充分にあった。たとえ相手が恐ろしい大量殺人鬼でも……。長江はスタンガンを携帯し腰には棍棒《こんぼう》をさし念のためにナイフも忍ばせていた。

(だがこのナイフを使うまでには至るまい。スタンガンで相手を気絶させられる)

学生時代にボクシングをやっていた長江には自信があった。

近くに着くと長江は車を降りメールで指示された廃屋まで歩いた。林の中を一人で入ってゆく。しばらくすると犯人が立ちよるとメールに書かれていた廃屋が見えた。

長江はにわかに緊張した。心を落ち着かせようとするが心臓がバクバクと波打っている。

(落ち着け。これじゃ犯人を確保できない)

長江は立ちどまって息が整うまで、ゆっくりと待った。

やがて落ち着きを取り戻した。廃屋に向かって慎重に歩を進める。長江の脳裏に大量殺人の模様が浮かぶ。思わず足が止まる。

(怯《ひる》むな。相手は丸腰。まして疲労困憊しているんだ)

長江はスタンガンを手にすると勇気を振り絞り廃屋に向かって足を踏みだした。

(これでオレはヒーローになれる)

廃屋に近づくと窓から中を覗《のぞ》いたり建物の周りをグルグル回って無駄に時間を潰《つぶ》したが、やがて意を決しドアを開けた。中に男が蹲《うずくま》っていた。長江の心臓がキュッと縮む。男は長江を見た。二十代後半だろうか。端整な顔立ちをした、とても大量殺人を犯したとは思えない人相だ。だが、その落ち着き払った態度は、かえってある種の凄《すご》みを感じさせる。

(怯むな。こいつが疲労困憊した犯人だ)

それを確かめなければならない。男は白い前掛けをしていて白い服を着ているから板前のように見える。その前掛けに血のような染みがついている。

「お前が犯人か？」

長江は尋ねた。

「国会議員や後援会会長を殺しただろう」

「ああ」

男はあっけらかんと答えた。

「犯人なのか？」

「そうだ」

男は笑みさえ浮かべている。

「なぜ、あんなことを」

「理由はない。俺《おれ》は殺人鬼なんだ」

男の言っていることに間違いはないような気がする。

「お前を捕まえる」

長江はスタンガンを構えた。

「できるかな」

男は背後に手を回して戻した。その手には出刃庖丁が握られている。長江の足から瞬時に力が抜けてガクンと倒れそうになった。踏みとどまっていられたのは犯人は疲労困憊しているだろうという推測からだった。

「最初の隠れ家で庖丁を捨てたんじゃないのか」

時間稼ぎのつもりで長江は訊いた。

「次の隠れ家で捨てるつもりだ」

「次の？」

どういうことだろう。

「お前は足助で凶器を捨てて、この廃屋で休んで渥美半島の別荘でビタミン剤を飲むつもりだろう」

「ほう」

男は感心したような声をあげ長江をまじまじと見つめた。

「よく判ったな。俺が隠れた場所と、これから隠れようとしている場所が」

「オレには何でも判る。だから抵抗はやめろ」

「お前が俺の行動を読んだのは不思議だが残念なことに順番が違う」

「順番？」

「そうだ」

どういうことだろう。

「俺はあの犯行の後、車を拝借して渥美半島の別荘まで行った」

「え？」

思わず訊き返していた。

「車で、渥美半島へ？」

「そうだ。疲労困憊していたからな。だから犯行前から目をつけていたあの別荘に行ったんだ。あそこならビタミン剤が大量に置いてあることが判っていたから」

「そのビタミン剤を飲んだのか？」

「もちろんだ。お陰様で今は疲労はすっかり取れて元気になったよ」

長江は慌てた。犯人は疲労困憊どころか元気を回復している。おまけに凶器を捨てるのは次の小屋……。今は凶器を手にしている。

「渥美半島から逃げたと思わせるためにボートを無人で海に放したのだが見事に引っかかったようだな」

大量殺人を犯した犯人は事件後、足助↓額田↓渥美半島の順番で移動したと教えられていた。ところが実際には、渥美半島↓額田↓足助の順番で移動したのだ。

額田で待ちぶせしていれば疲労困憊して凶器を持っていない犯人に出会えると思っていたのだが元気を回復して凶器を持っている犯人に遭遇してしまった。

（殺される）

逃げようとしたが犯人が素速く長江の元に移動した。次の瞬間、庖丁で頭を殴られた。

（痛！）

頭に激痛が走る。意識が一瞬、飛び、長江は床に倒れた。薄い意識はまだあるが軀《からだ》が動かない。

（殺される）

意識が途絶えた。

＊

騒がしい音がして長江は目を覚ました。辺りを見回すと廃屋の中に大勢の警官たちが踏みこんできている。

（助かった）

長江は心底よろこんだ。犯人は長江の命だけは取らなかったようだ。長江は起きあがった。

「助けに来てくれたんですね？」

「お前を逮捕する」

長江は警官が何を言ったのか一瞬、理解できなかった。

「あの」

「聞こえなかったのか？　大量殺人犯として、お前を逮捕すると言ったんだ」

「馬鹿な……」

「匿名の一般市民からの通報があってな。犯人がこの廃屋に潜んでいると」

長江の手には庖丁が握られていた。

「違う、オレは犯人を捕まえようとここにやってきたんだ」

「どうして、この場所を知っていた」

「それは……」

「この場所は犯人しか知らないはずだ」

警官が長江の両手に手錠をかけた。

＊

長江は自分のスマホの動画機能を使って変わりつつある人生を眺めていた。

「どういう事だ……」

「言ったでしょ。順番には気をつけてって」

「ふざけるな。オレの人生は今より酷くなってるじゃないか！」

「まだ判らないわよ。あなたが最後まであきらめない男なら」

そう言うと幽子は去っていった。長江は追いかけようとしたが途中で意識が消えた。

第十二話　虹をわたって

三番ゲートに入る前に着信音が鳴った。

小路裕子《しょうじゆうこ》はバッグからスマホを取りだすと送信者を確認する。送信者は〝小路裕子〟とある。

（何これ）

裕子は文面を読む。

――あたしは二時間後のあなた自身。

何が起きたのか、よく判《わか》らなかった。誰《だれ》かのイタズラだろうか？

――今から言うことをよく聞いて。あなたは今、飛行機に乗ろうとしてるわね。でも乗っちゃダメ。その飛行機、７５６便は飛行中に空中分解を起こす運命にある。信じて。信じられないかもしれないけど。

メールは、そこで切れていた。裕子は狐《きつね》に摘《つま》まれたような妙な気分を味わった。

（どういうこと？）

わけが判らない。まず送信者が自分の名前というところが判らない。操作ミスはしていないはずだ。文面を読むと、たしかに送信者は二時間後の自分と名乗っている。ますます判らない。二時間後の自分とは、どういうことか。誰かのイタズラに違いないが、こんな妙なイタズラを仕掛けてくる知人を裕子は思いつかなかった。

文面は、これから乗る飛行機が空中分解を起こすとある。

（不吉ね。そんな事が、あるわけがないのに）

メールに記されている内容を考えると、あまりいい気持ちはしないが、だからといってこんなイタズラメールを信じて飛行機に乗ることをやめるわけにはいかない。

（そうよ。あの人に会いにいくんだから）

裕子はスマホをしまって三番ゲートに入っていった。

＊

五三四人を載せたジャンボジェット機、７５６便が羽田空港を飛びたち三十分ほどが過ぎた。座席がガタガタと揺れた気がする。気のせいかと思ったが、なんとなく機内がざわめいているところをみると他の乗客も同じように感じているのだろう。

誰かの悲鳴が聞こえた。機体が大きく落下したような衝撃があったのだ。その衝撃で何人もの乗客が前の座席などに頭や軀《からだ》をぶつけている。

——機長の沢です。

機内アナウンスがとつぜん流れた。機内のざわめきが一瞬、止まる。だが、まるで機体が落下しているような轟音《ごうおん》は聞こえている。裕子は耳を澄ます。

——シートベルトをおつけください。ただいま機体は原因不明のトラブルに見舞われて制御不能になっています。

乗客たちが息を呑《の》む。やがて絶望的な悲鳴が聞こえる。

——制御回復に全力を尽くします。乗客のみなさんはシートベルトを着用してお待ちください。

信じられない放送だった。制御不能ということは墜落の可能性もある、ということだ。

(ウソでしょ)

このとき裕子は搭乗前のメールを思いだした。

——飛行機が空中分解を起こす。

あれは本当のことだったのか?

(死にたくない)

裕子は強く思った。

(絶対に死にたくない。あの人に会う前に死ぬなんて)

裕子は窓から空を見た。光が見えた。

(あれは?)

七色の光。まるで虹《にじ》のようだ。光は光源から裕子のいる方角に向かって広がりながら迫ってくる。

凄《すさ》まじい爆発音がした。機体が空中分解したのだとすぐに判った。悲鳴が聞こえたような気がするが、それも一瞬のことだ。裕子は空中に投げだされた。

＊

裕子は光の中を彷徨《さまよ》っていた。

(あのメールを信じればよかった)

ボンヤリとそう思っている。信じなかったばかりに飛行機に乗りこみ、そしてその飛行機は空中で爆発を起こした。

(あたしは死んだの?)

生きているわけがないと思った。高度一万メートルという空中で飛行機が爆発し空中分解したのだ。乗客も乗組員も全員が死んだに違いない。

(悪いことをした)

あたしがメールを信じていれば、その人たちも死なずに済んだのかもしれない。

そう考えている自分はなんだろう?　天国に向かっているのだろうか?　それともまだ死んでいないのだろうか?　まだ落ちている途中なのだろうか。

気がつくと裕子は手にスマホを持って街の中に立っていた。

(どういうこと?)

飛行機が空中で爆発した記憶がハッキリとあるのに。

記憶……。

（そうだ、あたしの名前）

思いだせなかった。

メールの着信音が鳴った。裕子は無意識のうちに送信者を確認する。

（無量小路幽子……）

ディスプレイにはそう表示されていた。

メールを開く。

――あたしは、あなた自身。

メールの内容を信じれば自分の名前は無量小路幽子ということになる。

――元いた世界に戻りたいのなら世界を変えていかなければダメ。

元いた世界のことを思いだした。

（そうだ。あたしは、あの人に会いに飛行機に乗ったんだ）

そのことを思いだした。

(ここは、その世界とは違う世界なのだろうか?)

無量小路幽子となった小路裕子は、なおも文面を読み進める。

――世界は無数にあって、それぞれ重なりあっている。元の世界に戻りたいのなら、その中から元の世界を探さなくてはならない。

どうやって探すのだろう?

――あなたは無数の世界を自由にさまよえる存在となってしまった。それはあなたが時の虹、タイムレインボウに吸いこまれたから。

乗っている飛行機から窓の外を見たときに放射状の光を見た。あれが時の虹、タイムレインボウなのだろうか。そして飛行機が爆発して空中に放りだされたとき、その虹の中に吸いこまれた……。

だとしたら自分は幸運だったのだろう。死なずに生きているのだから。でも……。

(世界が無数にあるのなら元いた世界を探しだす事なんて、できるわけがない)

一億よりも一兆よりも多く存在する無限の世界の中から、たった一つの世界を見つけだすなんて……。

——いま手に持っているスマホが手助けをしてくれる。

スマホが?

——それは過去にメールを送れるスマホ。そのスマホを使って一つずつ過去を変えていけば、やがて元いた世界に近づいてゆく。

過去を変える?

——強く念じれば念じるほど元いた世界に近い世界にゆくことができる。その世界を変えれば、さらに元いた世界に近づくことができる。

その世界の住人でないあたしが、その世界を変えていいのだろうか?

——その世界の住人に託すのです。どの世界にも過去を変えたいと願っている住人はいるものです。そういう人たちの思いを借りて世界を少しずつ変えてゆくのです。

でも元いた世界に戻っても飛行機が空中分解してタイムレインボウに飛びこめなかったら死んでしまう。

——飛行機を止めるのです。

どうやって？

——過去にメールを送るのです。

思いだした。そのメールを空港であたしは受信した。でも信じなかった。

——もう一度だけチャンスを与えます。

もう一度？

——今度は世界を変えるのです。タイムレインボウに吸いこまれたあなたには、それだけの不思議な力が備わっています。

メールはそこで終わっていた。

(どういうこと?)

考えても判らなかった。無量小路幽子は辺りを見回した。

(ここは東京だ)

それは判った。いつの間にか日が暮れかかっている。辺りを歩いている者は、まるで幽子が目に入らないかのように幽子の存在を全く無視している。

幽子は歩きだした。何かに導かれるように、迷いなく歩を進める。

すっかり夜になったころ幽子の前を一人の青年が横切った。どうやら公園に向かっているようだ。青年はチラリと幽子を見たが、すぐに視線を戻した。

(あの青年には、あたしが見えている)

そのことは判った。青年は、ひどくやつれている。幽子には、その青年の名前が判った。

——一条裕也。

それがハッキリと判る。青年の考えていることも判るのだ。

（これが、あたしに備わった不思議な力なのかしら）

一条裕也は夜の公園に着くとブランコに坐《すわ》った。裕也は大学一年の頃に戻って、そのころ好きだった女性に告白できたらと思っている。

「告白する方法があるわ」

幽子は一条裕也に近づいてそう告げていた。

幽子の、世界を変える旅が始まった。

＊

森山知子が飛行機事故が起きることを予言した。ジャンボジェット機７５６便が空中で爆発し、乗客、乗員、合わせて五三四名、全員が死亡すると。森山知子は宗教法人《ＴＭ教団》の教祖だった。

「どう思います？　店長」

馴染《なじ》みのラーメン店でチャーシュー麺《めん》を食べていた奥村望が訊《き》いた。奥村望は最近メキメキと人気を上げてきたシンガーだ。デビュー曲の『虹のかけら』がスマッシュヒットして新曲も好調だ。

「こんな人騒がせな予言をして」

奥村は今朝、森山知子が〝飛行機の大事故が起きる〟と予言したことを話題にしている。

「乗る人たちだって、いい気はしないでしょう。あの予言を聞いた人は少ないだろうけど、それでも少しはいるんだから。即刻、撤回すべきだね」

「ですが奥村さん」

店主の内野雄二朗が奥村に答える。内野は有名フランス料理店のシェフだったがラーメン店主に転職した。

「森山知子の予言は過去に二回、事故、事件を当てているんです」

「本当に？」

内野は頷《うなず》いた。

「東京駅のホームから、おばあさんが落ちて亡くなった事件」

平井里津子という女性だった。

「それと愛知県で起きた大量殺人事件の顚末《てんまつ》」

長江英雄という男が捕まった。だが長江は犯行を否認して、まだ裁判は続いている。

「森山知子は、その二つの事件を言い当てているんです」

「それは……」

奥村は、その手の話にはいつも懐疑的だった。

「何かカラクリがあるんじゃないかな。たとえば曖昧《あいまい》な言葉で予言して後から、それに当てはまるような事件を見つけて〝当たった〟ってアピールするとか」

「いいえ」

内野は首を横に振った。

「その二つの事件は日付や個人名などの詳細まで、かなりの確度で言い当てているんです」

「ふうん」

「なので今回の飛行機事故、起きる可能性が高いと思います」

「本当かな」

奥村は、まだ信じていない様子だ。

「こういうことも考えられます」

内野の言葉を真剣に聞こうと奥村はラーメンを摑《つか》む箸《はし》を一旦《いったん》、箸置きに置いた。

「森山知子の新興宗教団体がテロリストのような犯罪組織だったら」

「え?」

「そして愛知県で起きた大量殺人事件の犯人である長江が、その新興宗教テロリストのメンバーだったら……」

内野の言葉は意外なものだった。

「東京駅のホームから落ちた老女は実は長江や信者に突き落とされたのかもしれない」

「まさか」

「可能性のことを言っているんです。それらの事故や事件は新興宗教団体が予《あらかじ》め計画していたことだった。だとしたら森山知子が東京駅の事故のことを予言できたのも不思議ではないし政治家がらみの大量殺人事件も計画通りという事になります」

奥村は言葉を失った。

「なあ、ゆみか」

内野は厨房《ちゅうぼう》から出てきた妻のゆみかに声をかけた。

「もし、そうだとしたら森山知子が次に予言している飛行機事故。必ず起きるわ」

ゆみかが前掛けで手を拭《ふ》きながら言う。

「そうだな。なんらかの処置を執った方がいいのかもしれない」

「でもどうやって？　予言だなんて空港に言っても警察に言っても取りあってはくれないわよ」

ゆみかが疑問を呈する。

「僕のラジオで呼びかけてみよう」

奥村が言った。

「これからラジオの生放送があるんです。そこで視聴者に呼びかけて、みんなで空港に押しかけて力尽くで止めるんです。大勢の人間がロビーや出発ゲートに押しかければ空港だって出発を中止せざるを得ない」

「でも、そんなことをして、もし森山知子の予言がなんの根拠もないものだったら……。爆発物も仕掛けられてなくて機体に不備もなかったら奥村さんの経歴に傷がつく」

「そんなことを言っている場合ではないでしょう。もし森山知子の予言が当たるとしたら大勢の命が失われるんですから」

奥村はラーメンを一気に啜《すす》った。

＊

一条裕也が自宅でラジオを聴いていると奥村望が妙なことを言いだした。

――みなさん。羽田空港に行ってください。飛行機が空中で爆発します。７５６便を出発させてはいけません。その便に予言者、森山知子によって空中で爆発すると予言されました。この予言者は過去に二度、事故、事件を予言しています。

奥村望は森山知子が予言した事件、事故について詳細に語りだした。

(これは本当かもしれない)

一条裕也は奥村望の大ファンというわけではなかったけれど、いま奥村望が話している内容には信憑性《しんぴょうせい》があると感じた。

(とりあえず空港に行ってみよう)

もしかしたら自分が『24』の主人公のように活躍できるかもしれない。

*

若田あおいは奥村望の大ファンだった。彼のラジオは毎回、欠かさず聴いていた。だから今、奥村望が妙なことを言いだしても無条件で信じることができた。

(でも今から羽田空港なんて行けない)

あおいは考えた。

(そうだ。ラインやメールで知りあいに呼びかけよう)

実際の知りあいやネット上で知りあった相手に、できるだけたくさん、このことを知らせて、さらに他の人にも連絡を取ってもらおう。もしかしたら東京の親戚《しんせき》や知人に連絡がつくかもしれない。

あおいはスマホでラインを開いて、まず初めに古宇田有貴の名前を選びだした。

＊

空港に続々と人が集まりだした。国家公安委員会の蝶野は忌々しい思いで、この様子を眺めていた。情報によると奥村望という歌手がラジオで呼びかけたことがきっかけらしい。

（まったく馬鹿なことをしてくれる）

お陰で余計な手間がかかってしまう。今は警備員が対応しているが、このまま人が増え続ければ空港がパニックに陥る危険性がある。

一瞬、娘の美羽の安否を思った。もし美羽が羽田にいるのならパニックに巻きこまれかねない。だが今日は美羽は中島優真というカレシと別の場所でデートをしているはずだ。

蝶野は意識を羽田空港に集中した。こうしている間にも羽田空港には756便の出発を阻止しようと人が集まり続けているのだ。

（予言などに踊らされて）

蝶野は目を瞑《つぶ》った。

（どうしたらよいか）

蝶野は防衛の専門家に意見を求めることにした。

＊

黒須教授は、このところ新興宗教《TM教団》について考えていた。二つの事件と事故を予言したと言われている。通常この手の予言にはカラクリがあるものだ。

一つは曖昧な表現で予言しておき後から都合のよい解釈をつけるやりかた。

もう一つは、まったくのウソ。予言していないのに後から〝予言していた〟と真っ赤なウソを言うもの。普通の神経の持ち主には考えられないやりかただが、この手のウソを平気でつく人間もいる。『平気でうそをつく人たち』という本も出版されているぐらいだ。

（だが……）

森山知子の予言はこれらのカラクリとはまったく違っていた。事前にきちんと具体的な言葉で予言して、それが実現している。

黒須教授は予言などというものがこの世にあるとはまったく信じていなかった。

（残されたカラクリは……）

森山知子の予言通りに誰かが事件を起こし事故を起こしたという可能性だ。これならば森山知子の予言が当たった理由になる。

（だとすれば今度の予言も成就する危険性がある）

黒須は、そう考えをまとめた。

——蝶野さん。今度も森山知子の予言が当たる危険性があります。

電話の向こうで蝶野が息を呑むのが判った。黒須は事故防止対策の専門家として蝶野から相談を受けていたのだ。

——本当ですか。

——ええ。一連の予言は森山知子の計画だという可能性もあるでしょう。予言をしておいて、その通りのことを人為的に起こす、という。

——まさか。

——確信はありませんが、その可能性は高いと思います。

——わかりました。飛行機を止めることにします。間にあうかどうか。

ようやく決断を下した蝶野は、そのことを首相に告げようと一旦、電話を切った。

腕時計で時間を見る。

(しまった)

迷った挙句の決断が遅かった。すでに756便の出発時間寸前だった。

(間に合わん)

蝶野を絶望が襲った。

＊

756便が動き始めようとしていた。エンジンが始動する。キャビンアテンダントも所定のシートに坐り飛行機が動きだすのを待っている。

電子音がした。機内のキャビンアテンダントたちが一斉に辺りを見回す。音は鳴りやまない。どうやらスマホの着信音のようだ。

一人のキャビンアテンダントが立ちあがり音源を求めて機内を歩きだした。小路裕子の前で止まった。

「失礼ですが、お客様のスマホではありませんか?」

「いいえ、違います」

裕子はバッグの中から自分のスマホを取りだした。電源はオフになっていた。

「失礼しました」

「わいのや」

後ろの席に坐っている男が言った。厳《いか》つい顔をした中年の男性。大迫謙一である。

「恐れ入りますが離陸の時間です。スマホの電源をお切りください」

「それが」

大迫は必死にポケットを探っている。

「スマホが、どこにあるのか判らんのや」

キャビンアテンダントは困ったような顔をした。

「バッグの中じゃないかしら」

裕子が顔を横に向けて言った。

「そや、バッグの中や」

謙一は足下のバッグを摑んだ。開けようとするが、なかなか開かない。

「落ち着いてください」

キャビンアテンダントが思わず口を出した。

「ファスナーが壊れたみたいや」

キャビンアテンダントが絶句する。たしかに謙一がいくらファスナーを開けようとしても嚙《か》んだまま一向に動かない。

一人のキャビンアテンダントが操縦席に向かった。コックピットを開けてパイロットに告げる。

「機長。お客様のスマホが鳴って止まらないんです」

機長の沢が振りむいた。

「そのスマホの電源を切るまで離陸を待とう」

756便はしばらく待機することを決めた。

＊

756便が出発を遅らせたので蝶野からの連絡が間に合った。乗客は全員、避難して機内に爆弾が仕掛けられていないか徹底的に調べられた。結果、爆弾はなかったがエンジン室に小さな亀裂《きれつ》が見つかった。そのまま離陸していたら空中で爆発する危険性があった。756便は大惨事を免れたのである。

(不思議だ)

小路裕子は飛行機を降りて喫茶店に入った。少し落ち着いた。コーヒーを飲みながら自分の運命を不思議に思っていた。そして自分が誰に会うために飛行機に乗ったのか思いだせなくなっていた。

(どういうこと?)

自分は誰に会うために飛行機に乗ったのだろう?

相手が男なのか女なのか、学生なのか、社会人なのか、まったく思いだせない。その人が大阪にいるのか。それとも北海道にいるのか九州にいるのか、まったく判らない。だが不思議と厭《いや》な気持ちはしなかった。

（あたしは命拾いをした）

だから焦らなくてもいい。ゆっくりと自分が会うべき人を捜せばいいんだ。空には綺麗《きれい》な虹が架かっている。

（あの虹の下に、あたしの会うべき人がいる）

そんな気がした。

（そうだ。スマホ）

スマホのアドレスを見れば自分が会うべき人が登録されているかもしれない。

スマホの電源を入れると待ち受け画面に丸い虹が映っていた。

（きれい）

裕子はほかの写真を探す。データファイルには見知らぬ若い男の顔が映っていた。

（誰？）

もしかしたら、この人が会うべき人なのだろうか。ほかにも様々な人物の写真が収められていることが判った。中学生ぐらいの女の子。サラリーマンらしき中年の男性。ミュージシャンらしき人。平凡な主婦。知的に見える初老の男性。シェフ。おばあさん。うらぶれた感じの若い男性。やはり主婦らしき人。目つきの悪い男……。

いずれも知らない人だった。だけど、なんとなく見覚えがある。

（どこで会ったのかしら）

いくら考えても判らなかった。だが、いつかこの人たちに恩返しをしたい。そんな思いが頭を過《よ》ぎった。

（恩を受けたことがある人たちなのかしら？）

あるいは一緒に何かを始める予感……。いずれにしても確かな事は判らなかった。

裕子は写真のデータファイルを閉じてアドレス帳を開いた。今度は知っている名前が並ぶ。

（あたしが会うべき人は、この人かもしれない）

裕子は思いきって、その相手に〝小路裕子です。久し振りに会いませんか？〟とメールを書いて送信した。

本書は月刊少年漫画誌「ゲッサン」（月刊少年サンデー）小学館刊で、二〇〇九年六月号から二〇一〇年五月号に連載されました作品『タイムメール』を、時代背景を現代に合わせるなど大幅に加筆修正し、文庫化したものです。

Haruki Bunko
ハルキ文庫

く4-4

タイムメール

著者
鯨《くじら》 統一郎《とういちろう》

2018年9月18日第一刷発行

発行者
角川春樹

発行所
株式会社角川春樹事務所
〒102-0074 東京都千代田区九段南2-1-30 イタリア文化会館

電話
03（3263）5247（編集）
03（3263）5881（営業）

印刷・製本
中央精版印刷株式会社

フォーマット・デザイン 芦澤泰偉
表紙イラストレーション 門坂 流

ISBN978-4-7584-4200-8 C0193 ©2018 Toichiro Kujira Printed in Japan
http://www.kadokawaharuki.co.jp/［営業］
fanmail@kadokawaharuki.co.jp［編集］　ご意見・ご感想をお寄せください。